어른의 멘탈

어른의 멘탈

펴 낸 날 2022년 7월 29일

지 은 이 박성진
펴 낸 이 이기성
편집팀장 이윤숙
기획편집 윤가영, 이지희, 서해주
표지디자인 윤가영
책임마케팅 강보현, 김성욱
펴 낸 곳 도서출판 생각나눔
출판등록 제 2018-000288호
주   소 서울 잔다리로7안길 22, 태성빌딩 3층
전   화 02-325-5100
팩   스 02-325-5101
홈페이지 www.생각나눔.kr
이 메 일 bookmain@think-book.com

• 책값은 표지 뒷면에 표기되어 있습니다.
  ISBN   979-11-7048-429-5(03810)

인생을 바꾸고 싶은 20대 여성을 위한 현실 조언

어른의 멘탈

박성진

생각나눔

프롤로그

20대를 지나 30대에 접어드니 20대와는 다른 새로운 고민들이 생겨나더라. 결혼, 출산, 육아에 대한 고민은 기본이고, 육아를 하며 과연 내가 미혼일 때만큼 내 일에 열정적일 수 있을지, 출산휴가를 다녀오는 동안 직장 동료들이 나를 치고 올라가 있지는 않을지, 내가 며느리의 역할을 잘 해낼 수 있을지, 요즘 같은 세상에서 아이를 키우려면 월수입이 고정적으로 얼마 이상은 되어야 할지 등 이런저런 현실적인 걱정거리가 생기는 것이다. 이런 30대의 걱정거리를 잘 해결하기 위해서는 20대의 나를 잘 다듬어야 한다. 어떤 인생을 살고 싶은지, 어떤 가치관을 갖고, 어떤 노후를 준비하고 싶은지에 대한 충분한 고민이 필요하다. 30대에 넘어지는 것보다 20대에 넘어지는 게 일어나기 더 쉽고, 30대가 무모한 도전을 하는 것보다 20대가 도전하는 것에 세상은 더 관대하다.

30대가 되면 오롯이 나에게 집중할 수 있는 시간도 줄어들고, 이미 어느 정도 내 삶의 가치관이 성립되고 방향성이 결정되며 자리 잡히는 경우가 많다. 이 때문에 우리는 더욱이 20대를 '잘' 살아야 한다.

몇 년 전 방영된 『꽃보다 누나』라는 프로그램에서 배우 윤여정이 이런 인터뷰를 한 적이 있다. "내가 처음 살아보는 거잖아. 나 67살 처음이야."

20대를 처음 맞이하는, 20대를 처음 살아보는 그대들에게 조금이나마 도움이 되었으면 좋겠다. 20대를 '잘' 살아 30대를 '잘' 시작했으면 좋겠다. 내가 20대를 직접 겪으며 깨달은 것들, 후회하는 것들을 책에 담아봤다. 이 책을 통해 20대를 지내고 있는 이들에게 조금이나마 도움이 되었으면 좋겠다.

Chapter1.

20대의 시작.

어떤 여성이 되고 싶은가?

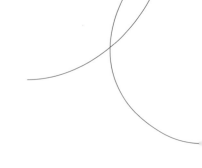

20대여,
무한한 가능성을 열어두어라

　　　　　　　지나간 일은 잊어라. 이미 자신이 만족하는 대학에 들어갔다면 그 나름대로 열심히 살면 되는 것이고, 본인이 만족하지 못하는 대학에 들어갔다고 해도 좌절하거나 조급해할 필요가 없다. 또 대학에 못 갔든, 안 갔든 어떠하랴. 자본주의 사회에서, 우리는 대학교보다 훨씬 더 중요한 레이스를 시작했는데 말이다. 물론 대한민국 사회에서 '대학'을 무시할 수 없다. 소위 말하는 학연, 지연, 혈연도 존재한다. 그러나 그렇다고 해서 모든 걸 포기할 수는 없고 되돌릴 수도 없다. 다시 시작하면 된다. 앞으로의 20대는 내가 만들어 나가는 것이기 때문에 지금부터 내딛는 나의 한 발자국, 한 발자국이 진짜 내 인생을 향한 첫 번째 시작이라는 것을 늘 명심해라.

　　10대 때는 우리 부모님의 직업이 무엇인지, 부모님이 어디에 사셨는지, 부모님이 어떤 성향인지에 따라 내 삶이 결정되었다. 하지만 지금부터는 아니다. 매 순간의 고민과 선택에 따라 30대의 내 가치와 자산, 집, 남편, 외모, 몸매, 풍기는 매력 등 모든 것이 결정된다. 지금은 그냥 똑같은 동갑내기 친구들처럼 보일 수 있으나 10년 후 내 옆의 평범했던 친구가 내가 따라잡지 못할 자리에 올라있을 수도 있으며, 나보다 훨씬 좋은 대학에 간 친구들이 나보다 낮은 연봉으로 일하는 노동자가 되어있을 수 있다. 내가 무시했던 친구가 어느 날 내 앞에 벤츠를 끌고 나타나 커리어 우먼으로서 본인의 삶이 얼마나 가치 있는가에 대해 늘어놓을 수도 있으며, 인기 인플루언서가 된 친구를 뉴스 기사에서나 보게 될지도 모른다. 나와 같은 대학에 과를 졸업한 동기조차 나랑은 180도 다른 삶을 살 수 있다. (긍정적인 상황, 부정적인 상황 모두를 포함해) 그리고 이 격차는 앞으로 더 많이 벌어질 것이다. 40대가 되면 더 이상 되돌릴 수 없을지도 모른다. 20대에 들어서면서부터 의무교육 과정을 벗어나 드디어 내 삶을 내가 꾸릴 수 있는 것이다. 혹 부모님이 많은 간섭을 하더라도 이때만큼은 내가 부모님의 울타리를 벗어날 수 있도록 노력해야 한다. 자취를 선택해서라도 독립을 권한다.

나 또한 실제로 모두 같은 동네에서 같은 학창 시절을 보내며 언제나 내 옆에 있을 것만 같았던 친구들이 현재 대부분 다른 지역에서 삶의 터전을 잡고 살고 있으며, 다른 직업, 다른 위치에서 서있다. 학창시절 공부를 잘했던 만큼 본인의 머리를 살려 의사가 된 친구 A, 음악을 전공해 예술가가 된 B, 전업 투자자로 50억 이상의 돈을 벌어 새로운 사업을 기획하는 C. 또 소위 '노는' 친구였던 D 양은 26살에 결혼해 벌써 세 아이의 엄마가 되었으며, 가장 예쁘고 인기 많았던 E 양은 부모님의 권유로 유학까지 다녀왔으나 아직 정착하지 못하고 부모님에게 용돈을 받으며 생활하고 있다. 30대에 들어서면서 본인은 보증금 500만 원에 월세금 60만 원 월세방을 전전하고 있는데, 내 친구는 3억짜리 자가를 구입해 여유롭게 아파트값이 올라가는 것을 즐기고 있을 수도 있다. 30대가 된 순간의 모습으로 단순히 성공과 실패를 가리거나 우열을 가리자는 것은 아니다. 20대에 맞이하는 10년이라는 시간 속에는 그만큼 수많은 가능성과 무한한 에너지가 있기 때문에 언제든지 나의 상황을 바꿀 수 있다는 것을 말하고 싶은 것이다. 청춘의 앞날은 그 누구도 함부로 말할 수 없다고 하나 이왕이면 내가 그리던 삶을 후회 없이 한 번 살아보는 밑바탕을 먼저 그려두고 남들보다 조금이라도 빨리, 먼저 뛰고 있는 것이 마음 편하지 않은가?

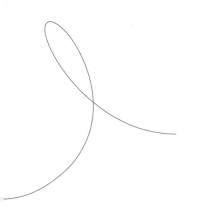

모든 경우의
수는 너의 성공을 위해 존재한다

인생에 답은 없다. 내 페이스대로 밀고나 나가는 것이 답이다. 이 세상은 나의 행복을 위해 존재한다고 굳게 믿어라. 어떤 결과가 나오고 어떤 과정을 밟게 되든 긍정 회로를 끊임없이 만들어 놔라.

이런 가정을 한 번 해보자. A와 B는 고등학교 동창이다. B는 한 번에 서울 상위권 대학에 갔고, A는 재수를 했지만 서울 하위권 대학에 입학했다. A는 B가 부러웠고, B가 본인보다 앞서가는 것처럼 느껴졌다. 몇 년이 지난 후 B는 중소기업에 취업을 했고, A는 대기업에 취업을 했다. A의 연봉이 B보다 2천만 원이나 높았고, A는 이 사실이 뿌듯하고 자랑스러웠다. 몇 년이 지난 후 B는 주식을 통해 본인 돈 1천만 원을 5천만 원으로 만들어 놨다. A는 다시 B가 부러웠고, 본인이 연봉은 더 높지만 모아둔 돈은 더 적다는 사실에 좌절했다. A는 모아둔 돈 1천만 원으로 뭘 할까 고민하다 지방에 있는 집을 한 채 사뒀다. 시간이 흐르고 1천만 원 투자해 사놓은 집이 많이 올라 시세 차익을 2억 원가량 얻게 되었다. A는 또다시 승리자가 된 기분이었다. 하지만 그것도 잠시 B는 집안이 빵빵한, 서울에 자가를 소유한 남자를 만나 일을 그만두었다.

20대에 일어날 수 있는 흔한 상황이다. A와 B의 삶이 결국 50년이 지났을 때 어떻게 되어있을지 아무도 모른다. 지금 내 옆에 있는 친구가 더 좋은 대학에 갔다고, 더 좋은 곳에 취업했다고, 더 좋은 남자를 만났다고, 돈을 더 많이 모아 났다고 부러워할 필요가 전혀 없다. 오로지 나의 현명한 선택이 내 삶을 성공(주관적 성공)으로 이끈다는 것만 기억하고 내 페이스를 유지하면 된다. 지금은 비록 남들보다 늦게 시작한 것처럼, 남들보다 뒤처진 것처럼 보일 수 있지만 결과는 아무도 모른다. 남들과 비교할 시간에 나 어제의 나 자신과 비교하고, 내가 더 발전하고 있다는 긍정적 믿음을 지니고 있어라. 그리고 모든 경우의 수는 나의 행복을 위해 존재한다고 끊임없이 되뇌어라. 인생은 생각한 대로 된다는 것을 잊지 말고 본인이 꿈꾸는 미래를 늘 상상하라. 지금 내 인생에서 당장 어떤 결과가 나오든, 어떤 선택을 하든 그 모든 경우의 수에서 나오는 판은 나의 행복을 위한 과정일 뿐이다.

긍정적인 마음, 본인의 성공에 대한 굳은 믿음을 갖고 있는 여성에게서 나오는 자신감과 매력은 그 무엇으로도 대체할 수 없다. 흔히 '아우라'라고 부르는 그것이다. 몇천만 원짜리 코트와 가방, 시계를 두르고 있다고 해서, 좋은 집에 산다고 해서, 좋은 차에서 내린다고 해서 그 아우라가 나오는 것이 아니다. 내 아우라는 내 몸 전체에서 뿜어져 나온다. 마치 후각으로 상대방의 향을 느끼는 것처럼 오감으로 아우라가 느껴진다. 외형적인 치장이 아닌, 내면의 긍정적 생각 회로와 본인에 대한 믿음은 자신을 행복으로 이끌어 줄 것이다.

최근 우연히 들은 랩의 가사 중에서도 와 닿았던 가사 한 구절이 있다. 평소 나의 생각과 비슷했던 "만약 내가 여기서 망한대도 그 경우의 수는 내가 져도 이긴다는 걸"이라는 가사다.

무엇인가 원하는 대로 되지 않았다고 해서, 결과가 부정적이더라도, 실패라고 생각되는 결과가 찾아왔더라도 그 경우의 수는 결국 당신이 이기는 게임의 경우의 수다. 수많은 선택과 결과는 결국 당신의 행복과 성장을 위한 하나의 과정이라고 생각해라. 그 생각은 곧 당신에게 더 좋은 인생의 운을 가져다줄 것이다.

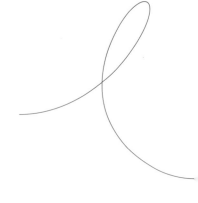

지피지기면
백전백승이다

'나'를 알면 생각보다 많은 일이 해결된다.

생각보다 많은 사람이 '나'에게 집중하거나 '나'에 대해 알려고 하지 않는다. 나보다 타인에게 많은 것이 집중되어 있는 경우가 많다. 타인의 눈치를 살피는 일상생활에서의 인간관계도 그렇고, 직업을 구할 때, 연애를 할 때도 마찬가지다. 이렇게 내가 아닌 타인이 주인이 되어 세상을 살아가다 보면 점점 그들에게 휘둘리게 되고, 결국 내가 진정으로 원하는 것을 이루지 못할 때가 많다.

한번 고민해 보기를 바란다. 나는 어떤 성격이고, 어떤 연애 스타일을 추구하며, 어떤 일을 했을 때 가장 행복한지. 단점은 무엇인지, 장점은 무엇인지, 스트레스가 풀리는 건 무엇을 할 때인지, 나는 어떤 환경에서 자랐고, 우리 부모님은 어떤 분이셨는지 말이다. 내가 과거에 가장 행복했던 일, 내 인생에 나를 변화시켰던 사건, 다시는 돌아가고 싶지 않은 순간들을 떠올려봐라. 그런 순간들이 분명 당신의 삶에 꽤 큰 영향을 미치고 있을 것이다.

내가 나에 대해 잘 알고 단단하게 중심을 잡고 있으면 일생일대의 중요한 선택들을 조금 더 쉽게 할 수 있다. 직업을 선택할 때도, 회사를 선택할 때도 내가 잘하는 것과 좋아하는 것, 받아들일 수 있는 회사의 분위기와 도저히 적응할 수 없는 조직문화에 대해 파악하고 있으면 미래 나의 업에 대한 선택이 조금 더 쉬워진다는 것이다.

연애할 때도 마찬가지다. 주변 지인들이 내게 연애상담을 할 때, 내가 가장 많이 물어보는 것은 이것이다.

"너는 어떤데?"

다른 사람의 조언과 이야기도 물론 중요하다. 하지만 조언이라는 것이 개개인의 성격이 들어가 있기 때문에 완벽한 해결책을 내줄 수 없다. 상대의 좋은 점과 부족한 점을 내가 어디까지 받아들일 수 있느냐의 문제인 경우가 참 많다. 한 예로, 친구 A의 남자친구는 굉장히 여성스러우면서도 세심한 면이 있다. 하지만 그런 성격에 잘 토라지고 단어 하나하나에 연연해 하기 때문에 친구 A는 늘 그것이 불만이었다. 하지만 A는 그 정도는 견딜 수 있다고 했다. 너무 우악스럽거나 남자다운 성격에 자신을 리드하는 남자를 만날 바에 자신과 같은 성격의 남자가 좋다고 했다. 자기가 오히려 이끌어 주고 품어줄 수 있는 섬세한 남자가 더 잘 어울린다는 것을 안다는 것이다. 그래서 그 정도의 단점은 자신이 감당할 수 있다며 결혼을 추진했고, 행복하게 살고 있다. A는 결국 그 남자를 선택했겠지만, 그것을 듣고 있던 C는 절대로 자신은 그런 남자와 답답해 살 수가 없다고 했다. 쪼잔하고 남자답게 리드하는 면모가 없는 것이 자신에게는 이성적으로 전혀 느껴지지 않는다는 것이다. 그 남자는 A에게는 좋은 남자였지만, C에게는 최악의 남자였다. 내 성격을 잘 알고 내가 견딜 수 있는 것과 견딜 수 없는 부분을 구분 짓고 나면 이 사람과 평생을 함께할지 결정하는 데도 도움이 된다.

 '나'라는 사람에 대해 잘 파악하면 인생을 사는 것도 조금 쉬워진다. 어떤 길을 갈지 고민하는 매 순간 조금 더 이성적으로 판단할 수도 있다. 나를 제3자의 시각으로 바라볼 수 있는 시간을 갖기를 권한다. 이것은 굉장히 중요한 시간이고, 노력이다. 가령 내가 원하는 일이 잘 풀리지 않았을 때 단순히 '화가 난다'고 생각하는 것보다 구체적으로 '무엇'에 화가 났는지를 알아보자. 마음을 안정시키고 마치 연극을 보듯 관객의 입장이 되어 현재 상황을 파악해 보는 것이다. 사람들은 남에게는 엄격하고, 나에게는 관대한 경우가 있다. 물론 스스로에게 너그럽고 관대한 사람이 되어 나를 사랑하는 것도 중요하지만, 20대 시절에는 나를 엄격하게 다뤄보자. 나를 통제할 수 있는 사람은 나뿐이니 말이다.

이처럼 '나'에 대해서 잘 알기 위해선 나의 특징을 객관적으로 바라보고, 이 특징이 왜 생겨났는지, 어쩌다 이런 마음을 갖게 되었는지 과거 본인이 자라온 환경과 잘 연결시켜 보는 것도 중요하다. 한발 더 나아가, 우리 부모님은 왜 이런 성격과 성향을 지녔을지도 같이 고민해 보라. 부모님의 자라온 환경을 알면 '나'를 아는 것이 더 쉬워지고, 부모님을 바라볼 때도 같은 인간으로 바라볼 수 있게 될테니. 그 혹은 그녀의 삶도 이해할 수 있는 마음의 여유가 생길지도 모르니 말이다.

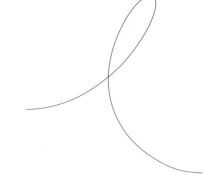

이미지는
최고의 경쟁력이다

나이가 들수록 예쁜 사람보다 고급스럽고 우아한 사람에게 눈길이 간다. 외모는 변하고 늙지만, 이미지는 공들일수록 고급스럽고 세련되질 수 있다. 태어날 때부터, 혹은 내가 자라난 환경이 나를 고급스럽고 세련되고 우아하게 만들었다면 좋았으련만 그런 행운을 두 손에 쥐고 태어난 사람은 그렇게 많지 않다. 그래도 괜찮다. 큰 눈, 오똑한 코, 앵두 같은 입술이 없을지라도 나에게 어울리는 고급스러운 분위기와 세련된 이미지는 내가 만들어갈 수 있으니까.

허나 이미지를 만든다는 것은 참 어렵다. 우선 모든 게 조화로워야 한다. 조화롭기 위해서는 우선 내 본판에 어울리는 것을 찾아야한다. 내 골격, 키, 얼굴형, 어깨 라인에 어울리는 옷을 찾고 다리길이와 종아리, 허벅지, 발목에 어울리는 신발을 신어야 하고, 짧은 치마가 어울리는지 긴 치마가 어울리는지, 청바지가 어울리는지, 청바지가 어울린다면 스키니가 어울리는지, 부츠컷이 어울리는지, 일자 바지가 어울리는지 알아두어야 한다. 메이크업도 마찬가지다. 눈 썹 뼈가 얼마나 튀어나왔고, 상안부, 중안부, 하안부의 비율이 어 떠냐에 따라 화장법이 달라진다. 머리통이 어떻게 생겼느냐에 따 라 헤어 볼륨을 어디에 넣을지도 결정된다. 참 복잡하고 어렵지 않 은가? 아무리 거울을 보고 또 봐도 잘 모르겠는 게 당연하다. 이럴 때는 전문가의 도움을 받으면 된다.

한 번도 메이크업수업이나 퍼스널 컬러 진단, 골격근 진단을 받지 않은 사람이라면 돈을 주고서라도 몇 번 수업을 듣기를 권한다. 같 은 학원이나 강사가 아닌 여러 곳에서 이야기를 들어보는 게 중요 하다. 나와 어울리는 이미지를 갖고 있는 배우나 유명인을 찾아 그 사람을 따라해 보는 것도 중요하고, 여성 잡지를 보며 고급스러움 과 우아함에 대해 고민해 보는 시간을 갖는 것도 추천한다. 진한 색 조 화장이나 무조건 예쁜 색의 립 컬러를 찾는 것보다 나에게 어울 리는 립 색과 화장품을 알게 되면 내 이미지를 조금 더 빨리 찾을 수 있고, 어울리지 않는 옷이나 화장품을 사는 데 시간과 돈을 낭 비하지 않을 수 있다.

액세서리와 향수도 마찬가지다. 골드, 실버, 로즈 골드 중 어떤 색 의 귀걸이와 목걸이가 내 얼굴빛을 더 살리는지, 어떤 향수가 내가 추구하는 나의 이미지를 만드는 데 적합한지 그리고 나와 더 잘 어

우러지는지 20대에 알게 된다면 사는 것이 훨씬 편해질 것이다.

아, 그리고 성인이 되면 정장 구매는 필수다. 인터넷 사이트나 보세가 아닌 브랜드 있는 옷으로 구하라. 예를 들어 jj지고트, 잇미샤, 더아이잗뉴욕 등이 있다. 여기서 한 층 더 올라가면 Lynn, 미샤, 지고트, 모조에스핀 등의 브랜드가 있지만, 20대 사회 초년생에게는 다소 비쌀 수 있으니 같은 브랜드 라인에서 조금 더 저렴한 옷을 구매하는 것이 좋겠다. 꼭 백화점에 가 신상을 구매할 필요는 없다. 아울렛 매장에 직접 방문해 내가 어떤 넥라인이 어울리는지, 사이즈가 어색하지 않은지를 꼼꼼하게 살펴보고 면접 복장으로 어울리는 정장 세트 한 벌, 깨끗한 흰색 블라우스 한 벌, 결혼식이나 장례식장, 가족 모임, 혹은 중요한 자리에 갈 때 필요한 깔끔한 블랙 원피스 한 벌, 검은색 스틸레토 구두 한 켤레는 미리 준비해 두기를 바란다. 때와 장소, 시간에 맞는 옷을 입고 나타나는 것은 가장 기본적인 매너이자 센스라는 것을 염두해 두자. 유행에 따르지 말고 자신에게 맞는 제대로 된 옷 한 벌이 있다면 10년 동안 뽕 뽑을 수 있다.

명품 가방이나 시계도 마찬가지다. 명품 계급도를 나열하며 이 정도의 명품 브랜드를 지니고 있으면 좋다고 말하려는 게 아니다. 때와 장소에 맞는 격식 있는 자리에 들고 갈 만한 그럴듯한 가방 하나를 장만해 두는 것은 추천한다. 몇 년 전 『시크릿 가든』이라는 드라마에서 남자주인공 주원(현빈)이 여자주인공 라임(하지원)에게 했던 대사가 있다.

"아무리 생각이 없어도 날 만나러 올 때는 배려라는 걸 했어야지. 이런 가방 들고나올 만큼 내가 아무것도 아닌 건가? 아니면 진짜 가방 하나 살 돈도 없는 건가? 내가 지금 그런 여자한테 미쳐서 이러고 있는 건가? 내가 정말 돈 이천 원 받고자 나오라고 했을까 봐?"

가방, 뭐 그리 중요하나 싶겠지만, 사회생활을 하다 보면 상대에게 예의를 차린 것처럼 보여야 할 순간이 찾아온다. 어떤 색상의, 디자인의 옷을 입었는지, 어떤 가방을 들었는지가 그 사람의 수준을 결정하는 것이 아니라 그 사람의 센스를 판별할 수 있기 때문이다. 또한, 그 사람이 나를 만나기 위해, 이곳에 오기 위해 어느 정도의 고민을 하고 신경을 썼는지가 말 한마디보다 첫인상에 느껴지기 때문이다. 이때를 위해 나에게 가장 잘 어울리면서도 클래식한, 깔끔한, 기본적인 디자인의 좋은 가방은 마련해 두라는 것이다. 좋은 가방에 대한 첫 구매는 중고로 구입하는 것도 추천한다. 괜히 비싼 돈 주고 사서 애지중지 방에서 보관만 하거나 혹시 비싼 명품 가방에 스크래치라도 갈까 봐 대중교통보다 택시를 이용하는 사태가 벌어지지 않도록 말이다. 또, 보통 첫 가방은 무조건 '예쁜' 것을 구입하는 경우가 많은데 그 '예쁜' 것이 실용성이나 활용도가 떨어질 수 있다. 게다가 내가 자주 입는 스타일이나 내 체형에 어울리지 않을 수 있기 때문에, 중고로 저렴한 가격에 먼저 사용감이 좀 있는 명품을 구입해 내가 잘 활용할 수 있는 가방이 어떤 것인지 먼저 알아보는 것을 추천한다.

가장 기본적인 것들은 말해 뭐한다만 꾸준히 매일의 노력을 통해 갖추기를 바란다. 고운 피부, 눈가/목/팔자 주름 관리, 손 주름 관리, 찰랑거리는 머릿결 정도 말이다. 예쁘지 않아도 고급스러운 여성이 되려면 이 정도의 노력은 해야 한다. 아무리 스타일리시하게 본인의 매력을 살려 옷을 입은 사람일지라도 머리가 기름지거나 푸석푸석해 보이는 흩날리는 머릿결을 가진 사람은 매력 있게 느껴지지 않는다. 여기저기 나있는 여드름 자국과 거친 피부 결도 마찬가지다. 거친 손도다. 부드러운 피부와 윤기 나는 머릿결, 올바른 자세와 체형은 나의 이미지를 우아하게 만드는 데 가장 기본적이고도 중요한 요소다.

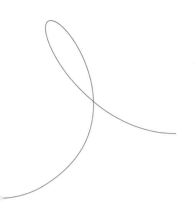

시간 '약속'을
지키는 것은 기본으로 여겨라

친구 중에서도 꼭 10분씩 늦는 친구들이 있다. 수업 시간에도 5분씩 늦는 학생들이 있다. 반면에 제시간보다 5분 일찍 와서 기다리는 친구가 있고, 수업 시간보다 5분 일찍 와서 예습, 복습을 하는 학생이 있다. 예습, 복습은 안 하더라도 어쨌든 그 자리에 늘 앉아있는 학생도 포함된다. 스피치 강사로 일했을 당시에도 수업에 꼭 늦는 학생이 있는 반면에 일찍 와서 나를 기다리는 학생이 있었다. 내가 학생의 입장에 있었을 때도 먼저 도착해서 나를 기다리는 강사가 있었고, 내가 기다려야만 오는 강사가 있었다. 나보다 일찍 도착해 있는 학생에게 더 애정이 갔고, 나보다 일찍 도착해 수업을 준비하고 있는 강사에게 더 신뢰가 갔다.

스피치 강사로 일할 당시 C 학생이 있었다. 직장이 끝나 혹시 학원 수업에라도 늦을까 저녁을 먹고 오지 않고 사 들고 와서 간단히 요기를 하곤 했다. 늘 그렇다 보니 일찍 도착해 있는 그 학생과 대화할 수 있는 시간이 더 많아졌고, 수업 시간에 다른 사람들에게는 시간이 없어 알려주지 못했던 팁들, 개인적으로 그 학생에게 도움이 되는 조언들을 더 해주게 되었다. 또, 다른 학생들이 있어 이야기하지 못했던 고민도 서로 털어놓다 보니 당연히 수업 시간에도 마음이 더 쓰였다. 강사도 인간이니 어쩔 수 없더라.

세상에는 많은 약속이 있다. 이 중 제일 기본적인 약속이 시간 약속이다. 오죽하면 학창 시절 일정한 기간 동안 하루도 빠짐없이 제시간에 등교한 학생들에게 개근상을 주었겠는가? 학창 시절의 개근 문제는 곧 근태 문제와도 직결된다. 근태는 직원의 성실성을 평가할 수 있는 가장 기본적인 모습이기도 하다.

동아리에서, 인턴을 할 때, 간단한 대외 활동을 하더라도 면접 시간이든, 회의 시간이든 웬만하면 일찍 도착해 있어라. 일찍 도착하면 성실해 보이는 모습은 덤이요, 하다못해 다른 인턴 혹은 상사들과 혹은 위에 내가 C 학생과 친해진 것처럼 생각지 못한 순간에 생각지 못한 사람들과 친분을 갖게 될 수도 있으니 말이다. 시간 약속을 잘 지켰을 때의 장점은 어마어마하게 많다. 아니 오히려 단점은 없다. 하지만 시간 약속을 안 지키는 순간, 그리고 그것이 반복되는 순간, 당신은 누군가에게는 예의가 없는 사람, 성실하지 못한 사람, 함께 일하고 싶지 않은 사람, 신뢰가 떨어지는 사람이 되어버린다. 내 몸뚱어리 내가 조금 더 일찍 움직여 시간은 잘 지키는 것

하나로 이렇게 많은 것이 바뀔 수 있는 것이다.

　물론 어쩌다 한 번 시간을 못 맞출 수도 있지만, 대개 시간을 잘 지키는 것은 일종의 습관처럼 되어있는 경우가 많다. 크게 잘못한 것도 없는데 괜히 늦으면 죄인이 된 기분이고, 내가 뭔가 잘못을 하고 그 하루의 관계를 시작하는 기분이다. 만약 매번 늦는 것에 익숙해져 있고, 늦어도 별다른 미안한 감정이 생기지 않는다면 본인의 모습을 다시 한 번 객관적으로 평가해 보기를 바란다. 시간은 돈을 주고 살 수 없는 유일무이한 것이다. 돈을 주고도 살 수 없는 다른 사람의 소중한 시간을 빼앗은 것에 대해 미안한 감정을 느끼고 다음 약속은 늦지 않는 것이 서로 간의 예의다. '겨우 5분 늦은 게 뭐?'라는 생각을 당장 버려라. 겨우 5분 일찍 도착해 있는 것이 상대에게 나에 대한 좋은 이미지, 신뢰감을 줄 수 있는 좋은 기회가 될 수 있다. 또, 사회에서의 시간 약속은 단순한 약속을 넘어서 내가 어떤 사람인지를 보여주는 행위다. 오늘부터라도 '모든 약속은 5분 전 도착!'을 기준 삼아 행동하면 당신의 가치는 더 높아진다.

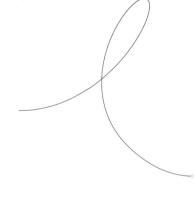

모든 선택에는
책임이 따른다

　　　　　세상은 생각보다 냉정하다. 20살 성인이 된 후 그대가 택하는 모든 선택에는 책임이 따른다.

　10대 때까지는 대부분 부모의 선택으로 내 삶이 만들어진다. 자율적인 부모 아래서 자랐다거나 어렸을 때부터 본인 주장이 확고해 본인이 원하는 삶을 이끌어온 환경이 아니라면 대부분의 대한민국 10대는 부모의 선택이 결국 내 선택이 되는 경우가 많다. 하지만 20대 때는 아니다. 책임을 질 줄 알아야 하고, 책임감을 항상 갖고 살아야 한다. 누구를 탓할 수 있는 나이는 지났다. 성적이 떨어졌는가? 그렇다면 시험 기간에 공부하지 않고 친구의 유혹에 넘어간 나를 탓해라. 살이 안 빠지는가? 그렇다면 이것 또한 스스로를 제어하지 못하고 운동을 멈춘 내 탓이다. 취업이 잘 안 되는가? 그렇다면 취업시장에 뛰어들며 제대로 준비하지 못한 내 탓이다. 10대를 벗어나 20대가 된 순간부터 후회되는 많은 것들은 나의 선택이 모인 결과물이 될 수 있다.

다른 사람에게서 결과에 대한 원인을 찾고 책임을 전가할수록 세상이 더 고되게 느껴진다. 20대를 지나 30대에는 더 책임질 것들이 많아진다. 20대는 그나마 내 몸뚱어리 하나만 책임지면 됐지만, 30대가 되면 자녀가 생겨 자녀를 책임져야 하는 시간이 오고, 40대를 넘어 50대가 되면 부모를 책임져야 하는 시간이 언젠가는 주어진다. 내가 선택하고, 내 선택의 결과를 겸허히 받아들이는 연습을 하면 늘 조금 더 나은 어른이 되어있는 스스로를 발견할 것이다. 20대 내 삶에 대한 책임은 30대의 내가 고스란히 지게 된다. 30대의 나에게 미안하지 않을 삶을 살기를 노력해라.

책임감이라는 것을 느끼는 순간부터 모든 선택을 할 때 조금 더 진중해지더라. 이 선택을 한 후에 일어나는 일들에 관해 과연 내가 책임을 질 수 있을까? 결혼도 마찬가지다. 불법도 그렇다. 퇴사도, 이직도 돈을 쓰는 소비 패턴도 내가 책임져야 할 상황을 스스로 만드는 것이다.

책임감이 없는 사람은 핑계를 많이 댄다. 00 때문에, 00 상황이라서, 00가 추천해 줘서. 특히 첫 투자를 시작할 때 더 그렇다. 옆직원이 추천해 준 주식, 친구가 추천해 준 회사 등 단순히 팔랑거리는 귀에만 의존해 내가 피눈물 흘리며 번 돈을 넣지는 않기를 바란다. 적어도 추천을 받았다면 그에 합당한 근거 3가지 이상은 만들고 충분히 알아본 후에 선택해라. 팔랑거리는 귀를 일찍이 잡아 두지 않으면 줄줄 새어나가는 돈들이 눈덩이처럼 불어나 더 이상 책임을 질 수 없는 상황에 부닥칠지도 모르니 말이다.

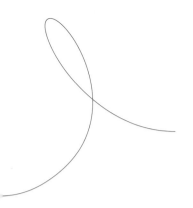

롤 모델을
모방하라

20살까지 내가 봐온 '여성'은 많지 않다. 선생님, 엄마, 친척 언니, 기껏해야 나보다 한두 살 많은 학교 선배. 우리에게는 롤 모델이 필요하다. 많은 여성의 삶을 들여다보고 그중 내가 닮고 싶은 사람을 정해서 그녀들처럼 살기 위해 노력해라.

인정받는 직장인이 되고 싶다면 서점에 가서 그녀들이 낸 책을 모조리 읽어보아라. 인정받는, 그리고 직장에서 인정받은 여성이 누군지 모르겠다면 우리에게는 인터넷이라는 좋은 수단이 있지 않은가. 『세바시(세상을 바꾸는 시간)』에 나오는 여성 강사가 될 수도 있고, 방송에 나오는 어느 여성 앵커가 될 수도 있다. 전문직, 모델이나 유튜버가 될 수도 있다. 요즘은 많은 여성이 사회에서 활동을 활발히 이어나가며 언론을 통해, TV 프로그램을 통해, 유튜브를 통해, SNS를 활용해 책을 내어 본인을 나타내는 경우가 많다. 때문에 마음만 먹으면 세상을 먼저 살아간 여성들의 수많은 고충과 시련을 이겨낸 방법, 삶을 살아가는 방법에 대해 알아내고 연구할 수 있다.

특히, 한국 사회에서 아직 여성은 깨뜨려야 할 편견이나 인식이 많다. 직장 생활에서는 더욱이 그렇다. 그리고 여성이 사회에 진출해 활발하게 활동한 지 얼마 되지 않기 때문에(직장에서만 봐도 부장 이상의 급은 남성이 더 많다. 사회의 많은 영역에서 그렇다.) 그 유리 천장을 깨고 앞을 향해 나아가는 여성들의 행동, 인식을 본받을 필요가 있다. 롤 모델은 계속 바뀌어도 상관없다. 나의 위치나 상황에 따라 충분히 유연하게 그 사람의 태도나 인성을 본받으면 되기 때문이다.

나는 22살에 처음 프레젠테이션 대회를 준비한 적이 있다. 학창 시절 발표라는 것을 해보기는 했지만, PPT를 만들어 대중 앞에서 PPT에 맞게 주제에 대해 프레젠테이션을 한다는 것이 내게는 너무 생소했다. 하지만 잘하고 싶었다. 그래서 다양한 공모전을 준비하기 시작했다. 그 중 첫 준비가 대기업에서 개최하는 대학생 프레젠테이션 대회였다. 그러나 대회에 참가 신청만 했지, 프레젠테이션을 어떻게 해야 하는지 책을 봐도 알 수 없고 영 어색하고 마음에 안 들 뿐이었다. 그러다 유튜브를 통해 한 프레젠테이션 대회에서 대상을 차지한 여성을 보았고, 나보다 나이는 좀 많은 듯한 그녀의 프레젠테이션에 반해버렸다. 나는 그 이후로 그 사람의 영상을 보며 그 사람을 따라 하기 위해 노력했다. 딱 내가 원하는 그림의 프레젠테이션을 하고 있었기 때문이다. 그 사람의 억양, 움직임, 호흡, 내용까지. 그 사람을 보기 전의 내 프레젠테이션 능력은 예선 탈락 수준이었다. 하지만 그 사람을 그대로 모방하기 시작하자 학교에서도, 대외 활동에서도, 각종 프레젠테이션 대회에서도 나는 좋은 성적을 거두기 시작했다. 그렇게 경험이 쌓이다 보니 더 이상 그 사람이 아닌 나만의 노하우가 생기더라. 프레젠테이션의 경험을 통해 막막한 순간 따라 하고 모방할 수 있는 사람이 있다는 것이 이렇게 훌륭한 빛이 되어줄 수 있다는 것을 처음 깨닫는 경험이었다. 물론 10년이 지금 지난 현재, 나는 다른 방식의 프레젠테이션을 한다. 이번에는 대학생 수준이 아닌 직장인 수준의 프레젠테이션을. 이 방식은 또 다른 롤 모델에게서 마찬가지로 배웠다.

스피치 강사로 일할 당시 나의 롤 모델은 김미경 강사였다. 그녀의 에너지와 자신감, 진심과 공감이 담긴 스피치를 보며 그 에너지를 나도 받고, 사람들에게 전달하기 위해 노력했다. 직장인이 된 후 나의 롤 모델은 유인경 기자였다. 직장 생활에서 잘 이겨낼 수 있는 그녀만의 노하우가 담긴 책을 보며 내 생각을 정리하고 직장 생활에서의 행동과 마음가짐을 다듬을 수 있었다. 그리고 어떤 고민이 생길 때면 다시금 그녀들의 책 혹은 영상을 찾아보곤 한다. 그럼에도 답을 찾을 수 없을 때, 이런 상황이라며 그들은 뭐라고 했을지 고민하며 결정을 내리곤 한다.

　지금 잠깐 책을 내려놓고, 나는 어떤 사람이 되고 싶은지, 혹은 내 주변에 내가 추구하는 삶을 살고 있는 여성이 있는지 한번 생각해 보아라. 찾았다면 그녀를 롤 모델로 삶아라.

　내가 길을 개척하는 것은 어렵지만, 개척한 길을 따라가는 것은 한결 수월하다. 마음도 그렇다. 그 발자국을 따라가다 보면 또 나만의 길일 열릴 수 있다. 세상의 많은 문제는 돌고 돌아 다시 나에게 온다. 이 때문에 스스로 문제에 대한 답을 찾는 것도 중요하지만, 내가 추구하는 혹은 닥친 문제를 미리 경험한 사람의 길을 잘 찾아 모델링해 나만의 길을 찾는 것도 인생을 쉽게 살아가는 방법 중 하나다.

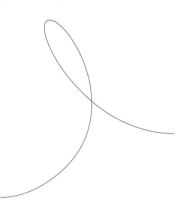

연민의 감정을
아는 여자는 아름답다

　20대가 되기 전 스스로 선택해 봉사활동을 하거나 기부를 해본 적이 있는가? 봉사나 기부는 유명인에 돈 많은 사람만 할 수 있는 것이라고 생각하고 있지는 않은가? 나의 도움이 필요로 하는 사람에 대해, 내가 그들에게 어떤 선한 영향을 미칠 수 있을지 고민해 본 적은 있는가?

　위의 질문들에 모두 '아니요'가 나왔다면 이 책을 읽은 후에는 '예'로 바뀔 수 있기를 바란다.

　선한 영향력에는 다양한 의미가 내포되어 있지만, 내가 갖고 있는 온전한 몸뚱어리 하나로 먼저 실천할 수 있는 것은 봉사 활동이다. 고아원, 요양병원, 유기견, 노숙자들을 위한 쉼터 등 조금만 찾아봐도 대한민국 곳곳에서 그대의 손길이 필요로 하는 곳이 많다는 걸 알 수 있다.

봉사 활동은 나 스스로에게도 긍정적인 마음을 심어준다. 내가 쓸모 있는 사람임을 느끼게 해준다. 누군가를 도울 수 있다는 것에 자존감도 상승하고, 뿌듯함도 느끼게 된다. 이기적인 마음일지라도 봉사는 '나'에게도 긍정적인 역할을 한다. 평소 내 삶에 대한 감사함은 덤이고, 새로운 세상에서 새로운 사람들과 인연을 맺을 수는 장점도 있다.

연민이라는 감정을 느끼며 본인을 희생하는 것도 연습이 필요하다. 나이가 들면 나를 챙기기 바쁘고, 내 가족을 챙기기 바쁘기 때문에 누군가를 도울 마음의 여유나 시간적 여유가 사라진다. 자본주의 사회에서 살아남기 위해 남보다는 나를 먼저 돌보게 되며, 경제적 여유가 생겨 누군가를 돕고자 할 때는 이미 늦었을 수도 있다. 경제적 여력이 되어 몇천만 원씩 턱턱 기부하는 것도 훌륭한 일이지만, 돈이 없어도 내 움직임으로 내 손길로 누군가에게 도움을 줄 수 있다는 것을 일찍 깨닫는 것도 매우 중요하다.

남들보다 연민의 감정, 측은지심의 감정을 느끼고 세상을 바라보면 앞으로의 세상이 달리 보일 수 있다. 연민의 감정을 갖고 세상을 바라보는 사람과 그렇지 않은 사람의 얼굴은 다르다. 인간이 느낄 수 있는 많은 감정 중 '연민'이라는 감정은 타인에게도, 가족에게도 또 때로는 나 자신에게도 느낄 수 있는 아름다운 감정이다. 연민의 감정을 알아야 남들 돌볼 수 있고 스스로를 더 따뜻하게 돌볼 수 있다.

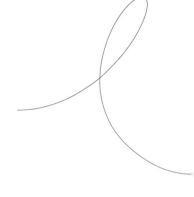

청춘이기에
아프지 않다

한때, 김난도 교수의 『아프니까 청춘이다』라는 책이 인기를 끌었던 적이 있다. 책의 내용과 상관없이, 책 제목만 보고 스친 생각이 있었다.

"청춘은 모두 아픈가?"

그 당시, 나도 청춘이었다. 하지만 나는 아프지 않았다. 아프다는 것은 지극히 주관적인 것이라 내가 나를 아픈 사람으로 만들 수도 있고, 내가 나를 아프지 않은 사람으로 만들 수도 있다. 이 책을 읽고 있는 당신은 어떤 편인가?

SNS를 보면 꼭 자기의 감정을 실시간으로 중개하는 친구가 있다. A 군은 연인과 살짝이라도 다투면 카카오톡 상태 메시지를 지운다거나 부정적인 말을 늘어놓는 것이다. 예를 들어 '흔들려', '불안', 'too late', '암흑' 등. 다소 오그라들 수 있는 단어들을 늘 자신의

SNS에 공유했다. 그 친구는 자신이 늘 피해자이며, 삶이 힘들고 아프다고 했다. "아프니까 청춘이다."라는 말을 본인 스스로 실천하고 있는 것처럼 보였다. 하지만 옆에서 내가 보기에 그 친구는 그렇게 힘든 상황은 아니었다. 멀쩡히 대학을 잘 다니고 있고, 똑똑했으며, 부모님 모두 건강하셨다. 생활비나 학비를 본인이 마련해야 할 정도도 아니었다. 10년이 흐른 지금 그 친구는 결혼도 잘했고, 집도 마련했고, 직장도 잘 다니고 있다. 그런데도 항상 아파한다. 그 친구의 SNS에는 아직도 부정적인 말들로 가득하다. 10년 전 대학생 때는, 내가 모르는 무엇인가가 있겠지 싶었는데, 10년 내내 옆에서 지켜봐도 별다른 원인을 찾지 못한 걸 보면 그 친구는 스스로를 아픈 사람으로 내몰고 있는 것이 아닌가 하는 생각이 들었다.

감정을 느끼고 표현하는 것은 중요하다. 하지만 늘 부정적인 감정을 느끼는 사람은 스스로를 힘들게 한다. 그 부정적인 감정은 내 삶과 내 주변인들에게도 많은 영향을 준다. 불안한 것과 불행을 느끼는 것도 습관이다. 똑같은 상황이 주어져도 누군가는 조금 무디게 그 상황을 받아들일 수도 있고, 누군가는 아프다고 생각할 수도 있을 것이다.

『아프니까 청춘이다』가 아닌 '청춘이기에 아프지 않다!'라고 말하고 싶다. 이 책을 읽고 있는 당신도 그렇게 느꼈으면 좋겠다. 아직

젊고, 미래를 바꿀 수 있는 시간도 많다. 더 다양한 선택지가 존재하고 스스로를 발전시킬 수 있으며, 청춘이기에 툭툭 털어낼 수 있다고 생각한다. 그리고 실제로 지나고 보니, 20대 시절이 가장 행복했다. 앞으로도 그렇게 자유로운 시간이 있을 수 있을까 싶을 만큼…. 그러니 청춘이니 아프다고 생각하지 않기를 바란다. 청춘이기에 아프지 않은 것이다. 청춘이니까 아픔도 금방 훌훌 털어낼 수 있는 것이다.

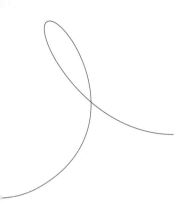

받은 만큼은
되돌려주는 사람이 되자

카카오 선물처럼 비대면 선물이 활성화되면서 예전에는 만나야지만 줄 수 있었던 선물이 이제는 만나지 않아도 상대에게 보낼 수 있게 되었다. 누군가에게 선물을 줄 기회도 늘어났고, 받을 기회도 늘어났다.

그런데 한번 곰곰이 생각해 보아라. 내가 누군가에게 선물을 줬는데, 나는 받지 못했을 때. 한 번쯤은 '나는 줬는데 이 사람은 왜 안 주지?'라는 생각을 해봤을 것이다. 나 또한 '줄 때는 받을 생각하지 말고 그냥 주자.'라고 늘 다짐하지만, 그래도 어쩌다 한 번은 눈에 보이더라. '이만큼 비싼 걸 줬는데, 어떻게 아무것도 안 줄 수 있지?' 하지만 반대로 내가 자그마한 선물이나 감사의 표시를 하면 그 배로 나한테 주는 사람이 있더라.

연인 관계에서도 마찬가지다. 오랜만에 만난 D 군은 내게 이런 고민을 늘어놓았다. 새로 사귄 여자친구는 본인이 무엇이든 주기만

하고, 내가 주는 것을 받기만 한다는 것이다. 처음에는 그것을 고마워하던 D 군의 여자친구가 지금은 익숙하게 받는다는 것이었다. 그리고 그 여자친구가 본인은 비싼 것을 늘 얻어먹지만, 막상 자신이 살 때는 저렴한 곳에 자연스럽게 데려간다는 것이다.

반면 그가 과거에 잊지 못하는 여자친구는 자신의 차를 운전해 어딘가에 함께 가면 주유라도 꼭 해주었고, 본인이 맛집을 데려가면 다른 날은 그 여자친구가 맛집을 알아왔다고 했다. 또 하루는 아무 날도 아닌데 평소 자신이 눈여겨보던 브랜드의 벨트를 선물로 준비해 주면서 그동안 받은 것이 많아서 고마운 마음에 준비했다고 하는데, 순간 눈물이 왈칵 나며 이 여자라는 확신이 들었다는 것이다. 비록 다른 이유로 지금은 그 여자와 헤어졌으나 본인은 그녀를 잊을 수 없다며, 지금의 여자친구에 대해 불만을 토로했다.

연인 관계든, 친구 관계든, 직장 동료든, 하물며 가족관계이든. 주고받는 것에 대해 인색하지 말라. 만 원, 이만 원 아낀다고 내 삶이 달라지지는 않으나 사람을 잃을 수는 있다. 만 원, 이만 원 더 써서 예의를 지킬 수 있고 관계를 유지할 수 있다면 그편을 선택하는 것이 낫다. 그리고 한 번 줄 선물, 조금 더 고민해 보고 상대에게 필요한 것을 주어라. 받고도 기분 나빠지는 선물이 있다. 예를 들어, 누군가에게 받은 것 같은 선물을 받았을 때, 유통기한이 얼마 남지 않은 선물을 받았을 때 등 말이다. 조금 더 투자해서 상대에게 감동을 주었다면 그것이야말로 값싸게 관계를 유지하는 방법이 아닐까?

Chapter2.

대학 '생활'이

너의 40년 인생을 결정한단다

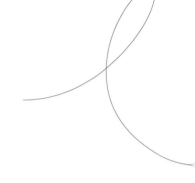

대학 콤플렉스를
이겨내는 방법

    입학한 대학교가 마음에 들지 않는다면 편입을 하거나 수능을 다시 볼 수 있다. 하지만 시간적 낭비가 될 가능성이 크기 때문에 이 부분은 추천하고 싶지 않다. 다만, 학과가 적성에 맞지 않는다면 전과를 하거나 복수전공을 노리고, 대학교 이외의 아르바이트, 대외 활동을 통해 새로운 가능성을 열어보아라. 아르바이트나 동아리 활동이 꼭 자신의 꿈이나 미래의 목표와 연결된 필요성은 없다. '무엇'을 하던 새로운 경험은 나만의 이야깃거리가 되기 때문이다. 나 또한 다양한 공모전과 대외 활동을 통해 자신감을 얻고 이 경험들이 후에 내게 큰 자산이 되었다.

    대학 시절 첫 대외 활동을 할 때 기억나는 오빠가 있다. 본인을 '스펀지(무엇이든 빨아들이는 사람)'라고 소개했다. 다들 소위 말하는 서울의 중상위권 대학생들 사이에서 처음 들어보는 지방의 한 대학을 자신 있게 말하며 활동도 가장 열심히 하고, 과제도 제일 빨리 성실히 수행했다. (생각보다 실제 대외 활동을 하다 보면 성실하지 않게

나 열심히 하지 않는 사람들이 많다.) 그리고 그 스펀지 오빠는 최종적으로 우수활동자상을 받게 되었다.

스펀지 오빠는 내게 충격적인 인물이었다. 우선, 대학교에 대한 인식을 깨주었다. 고3 수능이 끝난 후 나는 사람들의 얼굴에 어디 대학 출신인지가 적혀있었으면 좋겠다는 생각을 한 적이 있다. 대학교라는 것에 집착하기 시작하니 한도 끝도 없었고, 나보다 좋은 대학에 입학한 사람들은 나보다 훨씬 더 똑똑하고 성실할 것이라는 착각에 사로잡혀 있었다. 스펀지 오빠는 틀을 깨주었다. 그리고 스펀지 오빠를 보면서 이왕 대외 활동을 시작했으면 그 안에서 최고로 잘해 눈에 띄어 인턴 자리까지 거머쥐던가 수상을 해야겠다는 마음을 먹게 되었다. 일반 공모전에서 상을 받는 것이 하늘의 별 따기라면 대외 활동을 통해 간추려진 인원 안에서 승부를 보는 것이 수상할 수 있는 좋은 기회가 될 것이고, 1차 지원서조차 떨어질 인턴의 기회가 조금 더 쉽게 잡힐 수 있기 때문이다. 더군다나 실무진들과 직접 대면해 회의, 보고, 발표 등을 하는 자리이니 내가 원하는 기업이라면 취업으로 이어질 기회가 있는 것 아닌가!

만약, 대외 활동이나 공모전에서 자꾸 떨어진다 하더라도 멈추지 말고 계속 지원해라. 처음이 어렵지 첫 관문만 뚫고 나면 그 경험이 밑바탕이 되어 이후 지원하는 대외 활동이 조금 수월하게 통과 될 가능성이 크다. 첫 대외 활동에서의 경험이 이후 대외 활동 지원 시 좋은 자기소개서, 면접에서의 답변물이 될 수 있기 때문이다.

참고로 대외 활동 같은 경우는 처음부터 너무 경쟁이 치열하고 이미 탄탄하게 자리 잡은 대기업의 대외 활동을 하는 것보다 처음 시작하는 1기~3기 지원자를 뽑는 대외 활동에 지원하는 것이 뽑힐 가능성이 크다. 또한, 사기업보다는 공공기관 서포터스, 기자단 등이 경쟁이 덜 치열하다. 공모전도 마찬가지다. 스펙업을 조금만 뒤져보더라도 내가 지금 당장 넣어볼 수 있는 공모전들이 수두룩하다. 하지만 이조차도 계속 떨어진다면 다양한 아르바이트 혹은 동아리를 지원해라. 대외 활동도, 공모전도 결국 경쟁이고 뽑혀야 한다. 고등학교 때 했던 고등학생 신분으로서 겪을 일들을 언제까지 대학교 대외 활동 지원서에 써넣을 수는 없다. 초·중·고를 벗어나 내 실력으로 경험한 아르바이트 혹은 동아리에서의 에피소드가 훨씬 더 풍부하고 매력적인 이야깃거리로 기업에 다가갈 것이다. '무엇'이든 일단 '시작'하는 것에 두려워하지 말라. 마음만 먹으면 할 수 있다.

물론 평생 나를 따라다니는 것 중 하나가 '대학'은 맞다. 부정할 수 없는 현실이다. 직장에 입사 후에도 직장 내에 있는 동문회가 나를 이끌어 줄 수도 있고, 대학교 선후배라는 사이로 직장 내에서 좋은 정치적 도구가 될 수도 있다. 어느 대학교를 졸업했냐는 것이 입사 시, 결혼 시, 심지어 미래의 내 자녀에게도 영향을 줄 수 있다. 하지만 이미 대학교에 입학했고, 수능을 더 잘 봐 대학교를 업그레이드할 수 없다면 차라리 본인이 가진 수많은 장점으로 다른 활동으로 본인의 역량을 키우면 된다. 더 빨리 대학교를 졸업하고 사회생활에 뛰어들면 그만큼 빨리 돈을 벌어 대학원을 통해 최종 학력을 바꿀 수도 있다. 대학이 나를 대변하는 시대는 끝났다.

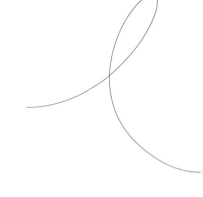

20대, 나만의
생활기록부를 만들어라

'나만의 생활기록부'를 만들어라.

입시를 준비하다 보면 초·중·고등학교 시절의 성적표 및 생활기록부가 나를 대변해 주는 경우가 있다. 몇 학년 때 내가 어떤 상을 받았고, 무슨 활동을 했고, 담임 선생님이 나를 어떻게 평가하는지. 하지만 20대 때부터의 생활기록부는 누가 만들어주지 않는다. 하지만 나는 만들 수 있다.

하루 단기 아르바이트로 뛰었던 일, 그냥 지나쳤던 친구와의 대화, 소소하지만 목표를 이루었던 버킷리스트들이 시간이 흐르면 점점 잊힌다. 그 당시의 상황을 기억하기란 더 어렵다. 처음에는 다이어리로 시작해 내 일상을 기록하다 기록이 쌓이고 내가 목표한 바가 하나씩 이루어질 때는 이를 본인의 블로그나 카페에 더 상세하게 남겨두는 것이 좋다. 혼자만 볼 수 있도록 비공개로 전환하더라도 무조건 그 일지와 기록은 남겨두길 바란다. 그것이 추후 그대에게 가장 큰 자기소개서의 밑바탕 내용이 될 것이며, 이후 나이가 들어서는 내가 다시 일어설 수 있는 원동력이 될 것이다. 목표를 이룰 때마다 적어 내려간 과거의 연혁은 내게 성취감뿐 아니라 앞으로 새로운 일을 시작할 때 자신감을 불러일으켜 주기도 한다.

나 또한 마찬가지었다. 나는 아직도 종종 네 노트북에 있는 나의 경력사항을 보며 뿌듯함을 느끼곤 한다. 몇 년도에 어떤 일을 했고, 어떤 성과를 거두었는지. 어떤 상을 탔는지 말이다. 직장에 들어온 나도 마찬가지다. 매일 꾸준히 내게 주어진 일을 묵묵하게 하는 것도 중요하지만, 내가 낸 성과를 눈에 보이게 만들어 증명하는 것도 중요하다.

	근무기간	직장명	최종직위
경력사항	20xx.09 20xx.02	***	○○○
	20xx.05 20xx.02	****	○○
	20xx.02 20xx.09	****	△△△△
	20xx.02 20xx.09	********	○○, △△
	20xx.06 20xx.02	*****	△△△
	근무기간	직장명	최종직위
이력사항	20xx.09 20xx.02	****	○○○
	20xx.05 20xx.11	********	○○
	20xx.03 20xx.08	*********	△△△△
	20xx.11 20xx.05	****	○○○
	20xx.04 20xx.02	****	△△△

위의 표는 20대 시절, 회사에 입사하기 전 내가 매번 기록한 나만의 연혁을 활용한 양식 예시다. 자격증 하나라도 딴 날에는 그 자격증을 딴 날을 기록했고, 남들은 별것 아니라고 치부할지라도 내게는 기록해 놓은 것을 보는 게 여간 뿌듯한 일이 아니었다. 하나씩 성공하고 이뤄낼 때마다 한 칸 한 칸을 채워나가는 것이 내가 앞으로 나아갈 수 있는 원동력이기도 했다.

입사를 하고 나서도 마찬가지였다. 입사한 후부터 지금까지 매년 나는 내가 무엇을 이뤄냈는지, 앞으로는 무엇을 이뤄낼지에 대해 고민한다. 회사에서 어떤 평가를 받았고 인정받아 상을 받았는지. 내 연혁에 남길만한 활동을 한 것은 무엇이 있는지. 내가 목표한 금액이 최종적으로 저축된 날짜는 언제인지. 부동산을 구입한 날짜는 언제인지 말이다. 이번 연도 나의 목표는 내 이름으로 책 한 권을 출판하는 것이다. 나는 내 연혁에 이 또한 기록할 것이다. 책이 팔린 부수와 상관없이 내가 해냈다는 것. 그것에 미래의 나는 나를 보며 자신감을 얻을 것이다.

눈에 보이는 정확한 결과도 중요하지만 19살 쓴 일기와 20대 초반 적었던 다이어리, 감성에 젖어 잠깐 끄적였던 빈 노트에 채워진 내용, 책을 읽고 남겨 놨던 감상평이 담긴 블로그, 심지어 네이버 지식인에 질문했던 기록들까지도 내게는 값진 보물이 되었다. 지나면 아무것도 아닐 일들이 그 당시에는 뭐가 그리 서럽고 억울했는지. 그 기록들을 보며 그 당시의 나를 위로하기도 하고, 그 힘든 순간을 이겨냈을 때 내가 어떤 생각을 갖고 있었는지, 과거의 불운을 어떻게 극복했는지 다시금 곰곰이 생각해 보게 한다. 과거의 내가 모여 지금의 내가 되고, 지금의 내가 미래의 내가 될 수 있기에 지금의 나에게 충실하자.

복수전공, 부전공은 필수다-
문과라면 이공계 수업을 활용하라

대학교를 졸업하면 내가 돈을 지불하고 어딘가에 속해 새로운 과목을 배우기란 쉽지 않다. 그 분야의 전문가인 교수님을 만나 조언을 구하는 것조차 쉽게 허락되지 않는다. 취업까지 하게 되면 퇴근 후 짬을 내거나 주말을 이용해 더 큰 비용을 지불해 배워야 한다. 말 그대로 '시간이 없어서, 돈이 없어서, 체력이 안 돼서'라는 말이 절로 나온다. 새로운 학문에 대한 흥미가 생겨 대학원이라도 알아보려고 하면 등록금은 또 얼마나 비싼 줄 아는가. 그럴 바에는 대학교 시절 복수전공이나 부전공을 통해 새로운 것을 미리 배워두는 것이 비용적인 측면이나 시간적인 측면에서 몇천 배는 더 이득이라고 미리 말해 주고 싶다.

특히, 문과계열이라면 조금 벅차고 벽이 높더라도 이공계 수업을 부전공으로 선택해 보는 것도 고려할 만하다. 최근 IT 계열이 취직도 잘 되고 연봉 수준도 높으며, 복지도 좋은 기업이 많기 때문이다. 문과생으로 졸업해 취업시장에 뛰어들어 잘 안됐을 경우 IT 계

열로 진로를 살짝 틀어볼 수도 있고, 최근 미디어나 콘텐츠 분야시
장에서도 어느 정도 컴퓨터를 다룰 수 있는 인재를 선호하기 때문
이다. 이는 금융업에서도 마찬가지다. 이공계라면 다른 이공계열 쪽
도 문을 두드려 봐라. 평소 흥미가 있었던 분야라던가 궁금했던 분
야는 교양이라도 좋으니 수업에 적극적으로 참여해라. 대학 시절 교
양수업을 통해 학습을 한 사람과 하지 않은 사람의 차이는 크다.
다른 전공 수업도 기회가 되면 신청해 들어보아라. 대학을 졸업하
는 순간 배우고 싶어도 어디서 배워야 할지 몰라 우왕좌왕하는 경
우도 있으니.

한 우물만 죽어라 파는 것도 방법이지만, 샛길 하나를 파 두는 것
도 인생에 좋은 피난처가 될 수 있다. 그리고 그 샛길에 언제 어떻
게 나에게 새로운 기회를 열어줄지 모른다. 인생에서 언제 닥칠 모
르는 '혹시'를 위한 대비는 늘 필요하다.

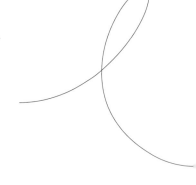

샛길이 때로는
지름길이 될 수도 있다

나의 꿈은 아나운서였다. 9시 뉴스데스크에서 멋진 정장을 입고 카메라 앞에서 생방송으로 뉴스를 진행하는 일, 상상만 해도 가슴이 벅찼다. 중학교 시절부터 매일 떠올리고 꿈꿨다. 하루는 파란색 재킷을 입고 세련된 커트 머리를 한 후 날카롭게 시사 토론 프로그램을 진행하는 나를, 하루는 분홍색 원피스를 입고 청순하게 웨이브한 머리를 늘어뜨린 채 높은 하이힐을 신고 스포츠 뉴스를 진행하는 나를, 또 하루는 정장 바지와 재킷 세트를 차려입고 오늘 하루 가장 중요한 뉴스에 대해 브리핑하는 나를 말이다. 나의 간절함 덕분이었을까? 25살의 나에겐 정말 카메라 앞에 설 수 있는 기회가 주어졌다. (이 기회를 어떻게 잡았는지는 chapter 3에 적어놨다.) 화려한 조명 아래 프롬프터를 찬찬히 읽어 내려갔던 그 짜릿함을 잊을 수 없었다.

하지만 진전은 없었다. 물론 케이블 방송국에서 일해 볼 수 있는 기회도 주어지고 각종 행사 MC로 활약하기도 했지만, 내가 꿈꾸었던 대형 방송사(3사를 포함한 지방방송국)에서는 매번 떨어졌다. 150cm대의 작은 키, 평범한 눈, 코, 입을 지녔고, 각종 미인대회에서 수상했던 옆 지원자들에 비해 나는 빛나지 않았다. 소위 말하는 끼도 부족했다. 부모님께 손 벌리기는 죄송했으며, 겨우 일주일에 한두 번 있는 출연료로 메이크업을 받고 의상을 대여하기에는 벅찼다. 나는 용돈벌이로 스피치 강의를 택했다. 26살, 대학생의 티를 못 벗은 내가, 별다른 경력도 없고, 오히려 스피치 학원에 돈을 지불하고 다녔던 내가, 대부분의 수강생이 30~40대 직장인이었던 스피치 학원에 강사로 지원한다는 것은 사실 무모한 도전이었다. 하지만 '일단 했다'. 되돌아보면 20대 때 언제나 '일단 했던' 내게 참 감사하다. 무모하게 저질렀던 일들이 지금의 나를 만들었다. 20대에 일단 하는 뻔뻔함은 참 중요한 것 같다.

어쨌든 지원서를 제출한 스피치 학원에서 면접을 보러 오라는 전화가 왔고, 나는 감사한 마음에 면접장에 비타오백 한 박스를 사 들고 갔다. (뇌물은 아니었다. 전화가 올 줄 몰랐었는데, 정말 놀랐다.) 이런저런 이야기와 내 경력을 들으시고는 당장 다음 날 있는 프레젠테이션 수업을 맡아보라고 하셨다. 그 날로 큰 서점에 가서 스피치와 관련된 5, 6권의 책들을 산 후 열심히 나만의 수업을 만들었다. 첫 수업은 정말 떨렸다. 40대와 50대 직장인으로 이루어진 수강생들이 내 앞에 앉아있었고, 한 수강생은 팔짱을 끼고 수업을 하는 나를 바라봤다. 본인들도 배움을 얻기 위해 일정한 돈을 지불하고 학원에 왔는데 새파랗게 어린, 대학생 티가 팍팍 나는 웬 어린아이가 수업을 진행한다고 하니 얼마나 잘 가르치는지 한번 평가해 보겠다는 눈빛처럼 보였다. 하지만 나는 그에 굴하지 않았고, 팔짱을 끼고 있는 학생에게 자세를 바르게 해달라고 요청했다. 의자에서 미끄러질 듯 내려앉아 팔짱을 끼고 있는 모습에서는 좋은 발성과 목소리가 나올 수 없다며 단호하게 지적했고, 나는 속으로 외쳤다. '기 싸움에서 이겨야 해!'

다행히 그 학생은 나의 말에 수긍하며 자세를 바로 고쳐주었고, 강의도 무사히 끝낼 수 있었다.

나의 강의 실력은 점점 늘었고, 나를 찾는 학생 수도 늘어났다. 약 1년이 넘는 시간 동안 강의를 하며 생각보다 많은 사람이 내게 "선생님 덕분에 자신감이 생겼어요."라는 말을 했다. 단순 용돈벌이로 시작한 스피치 강의가 아나운서라는 직업보다 더 잘 맞았고 성과도 좋았다. 함께 아나운서를 준비했던 일부 지망생들은 스피치 강의를 즐겁게 하는 나를 조금 안타깝게 여겼다. 도도하고 세련되게, 고급스럽게, 우아하게 방송을 진행하는 아나운서가 되고 싶은 아나운서 지망생이 '굳이 왜 서비스 마인드를 갖고 스피치 강의를 하지?'라는 눈빛을 보냈다. 하지만 개의치 않았다. 돈도 벌고 다양한 직업의 사람들을 만나며 그들의 삶에 관한 이야기를 듣는 것도 내게는 큰 도움이 되었기 때문이다. 또 발표 불안, 프레젠테이션, 면접 수업을 연구하니 나도 자신감이 생겼고, 어느 순간 면접관의 입장에서 지원자를 바라보는 눈도 생겼다.

그렇게 26살 가을 즈음 같이 아나운서를 지망했던 오빠에게서 연락이 왔다. 지금 금융권 취업 시즌이니 한번 넣어보라고. 본인은 몇천 대 일을 뚫고 아나운서가 될 자신이 없어졌으며, 생각보다 박봉인 시장에서 오래 견디기는 어려울 것이라고 말이다. 나는 단호하게 거절했다. 경제학과도 아니고 금융에 무지했던 터라 별생각 없었기 때문이다. 근데 가만히 생각해 보니 일반 기업 면접을 가르치는 사람이 면접을 한 번도 안 봐 본 것이 언제나 마음에 걸렸었는데, 좋은 기회라는 생각이 들었다. 그 날 새벽 나는 노트북을 열고 자기소개서를 써 내려가기 시작했다.

결과는 최종 합격이었다. 평소 프레젠테이션 및 면접 강의를 하던 내게 프레젠테이션 면접 및 대면 면접이 생각보다 어렵게 느껴지지 않았고, 아나운서를 위해 준비하던 시사 상식이 필기시험에 큰 도움이 되었다. 그래서 결국 나는 지금 금융권에 재직하고 있다. '한 번 직장생활을 경험해 보는 것도 나쁘지 않지 뭐.'라고 생각하고 다니기 시작한 게 벌써 4년 차가 되었다. 그 당시 우리 부모님조차도 내가 금융권에 최종 합격했다는 것을 믿지 못하셨었다. 나도 어찌다 내가 이 길로 빠져 일반 직장인의 삶을 살고 있는지 의심스러울 때가 많다.

몇 년 동안 죽어라 준비했고, 열망했던 아나운서는 면접 한 번 보기 그렇게 힘들었건만, 잠깐 용돈벌이 차 시작했던 스피치 강사가, 별생각 없이 지원해 보았던 금융회사가 내 돈벌이가 될 줄 누가 알았으랴. 아나운서 준비를 하지 않았더라면, 스피치 강사를 지원하지 않았더라면 지금의 나는 이 회사에 재직하지 못했을 것이다. 과거를 돌아보면 어느 하나 내가 후회하는 경험은 없다. 물론 누군가는 한 우물만 죽어라 파라, 10번 찍어 안 넘어가는 나무 없다고 외칠 수 있다. 허나 한 우물만 죽어라 파도, 100번을 찍어도 안 넘어가는 나무는 있다. 그게 현실이다. 꿈을 향해 도전하되, 작은 샛길 하나 살짝 파놓아라. 살짝 만들어 놓은 길이 그대를 지름길로 인도할 수도 있으니.

Chapter3.

후회 없는

20대를 만들기 위해

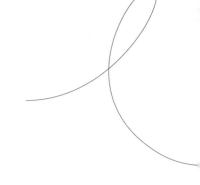

부모님은
우리를 기다려주지 않는다

초등학교 저학년 때까지 부모님과 함께했던 여행은 잘 기억나지 않는다. 10대 후반에는 사춘기가 왔는지 부모님과 함께하는 여행이 즐겁지 않았다. 20대에는 뭐가 그리 바빴는지 여유가 생겨도 친구들을 만나러 다니거나 대학 생활을 하기 바빴다. 대학교 방학은 그렇게 길고 길었는데도 부모님과 함께하는 시간을 억지로 만들지 않았다. 아직도 나는, 후회스럽다.

29살 봄, 아버지께서 갑작스럽게 직장암 4기 판정을 받으셨다. 믿기지 않았다. 사람은 누구나 죽는다는 걸 알고 있지만, 내 가족이, 내가 죽는 상황에 대해 심각하게 고민해 본 적은 없다. 아니, 설사 고민해 본 적이 있더라도 실제 눈앞에 닥치니 머릿속이 새하얘졌다.

내 삶의 울타리. 든든한 지원군. 언제든지 내 옆을 지켜줄 줄만 알았던 부모라는 존재. 감히 내가 되어본 적이 없기에 알 수 없는 부모의 마음. 그제야 예전에 누군가 내게 스치듯 했던 말이 기억났다.

"효도는 지금 하는 거야. 부모님은 너를 기다려주지 않으신단다."

20대 시절 내가 후회하는 유일한 한 가지가 있다면, 가족과 더 오랜 시간을 보내지 못한 것이다. 인간은 출생하여 성장하면서 두 번의 가족을 경험한다. 출생하여 부모 밑에서 자라 온 원가족과 성인이 되어 결혼과 함께 새롭게 형성하는 형성가족. 30대가 되어 미래를 함께할 배우자를 만나게 되면 나에게는 저절로 새로운 형태의 가족이 생기며 원가족과 어쩔 수 없이 멀어지게 된다. 혹은 새로운 가족 구성원이 생겨 기존에 있던 원가족의 형태가 바뀌게 된다. 어쩔 수 없는 자연스러운 현상이고, 새 가족이 생긴다는 것을 설레고 행복한 일이다. 하지만 과거 원가족 형태로 온전한 시간을 함께할 기회가 적어진다는 것은 아쉽고 속상한 일이다. 그렇기 때문에 그대들이 지금 함께 이루고 있는 원가족에게 사랑을 더 표현하고, 추억을 더 많이 만들기를 바란다.

가끔 식당에 가면 성인이 된 자식 둘과 부모님이 함께 외식하는 경우를 보곤 한다. 예전에는 그 모습이 눈에 보이지 않았다. 근데 내가 그럴 수 없는 상황이 되니 보이더라. 모두가 성인인 평범한 원가족의 외식이 얼마나 소중한 일인지를. 부모님과 술 한잔 기울이며 과거 가족이 행복했던 순간, 힘들었던 순간에 대한 이야기를 나누는 것, 미래를 고민하는 것, 현재의 삶을 나누는 것. 그것이 이렇게 어려운 일인지 몰랐다. 내가 커가는 것은 알았다. 부모님이 늙어가는 것은 보지 못했다. 어쩌면 못 본 게 아니라 안 본 것일 수도 있다.

30살이 되어 전쟁 같은 사회에서 상처받고 기댈 곳이 필요하면 뒤돌아보게 되더라. 빈털터리가 되었을 때 내가 유일하게 돌아갈 수 있는 부모님의 품. 하지만 그때는 이미 늦었을 수도 있다. 그대들은 나와 같은 후회를 하지 않기를 바란다. 부모님은 우리가 효도할 때까지 기다려주시지 않는다.

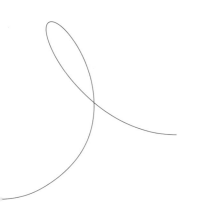

인생이여,
이렇게 더럽고 치사한 것인가?

인생은 참 더럽고 치사하다. 불공평한 것들투성이다. 절대적으로 공평한 것은 단 두 가지다. 시간. 모두에게 부여된 하루 24시간, 1년 365일. 하지만 그마저도 유전자에 따라 혹은 태어난 환경에 따라 누군가는 더 우월한 환경에서 본인의 시간을 다룰 것이고, 누군가는 더 부족한 환경에서 하루를 맞이할 수 있다. 적어도 10대까지는 말이다. 하지만 20대부터 이 더럽고 치사한 인생이라는 레이스에서 역전할 기회를 가질 수 있다. 성인이 되면 내가 선택할 수 있는 것들이 더 많아지고, 세상은 나에게 선택권을 준다. 매 순간의 선택에 따라 인생의 길이 새롭게 열린다. 누구에게나 공평하게 주어지는 시간을 누가 더 유용하게 활용하느냐는 그대의 몫이다.

부잣집 자식으로 금수저를 물고 태어나 진짜 금수저로 첫 이유식을 먹고, 영어 유치원에 다니며 저절로 영어를 습득하게 되고, 청담동, 압구정, 대치동에 살며 고급 과외를 받고, 20살이 되자마자 부모님께 포르쉐를 선물 받은 사람. 포르쉐까지는 아니더라도 적어도 명품 가방 몇 개는 턱턱 받아낼 수 있는 사람을 주위에서 봤을 것이다. 배 아픈가? 내가 자란 환경을 탓하고 싶은가? 바꿀 수 없는 것들에 대한 투정을 그만해라. 이미 지금까지의 나는 엎질러진 물과 같아 바꿀 수 없다. 과거에 내가 자라온 환경은 더더욱 바꿀 수 없었다. 과거 책에서 이런 기도문을 본 적이 있다.

"신이시여, 변하지 않는 현실을 기꺼이 받아들일 수 있는 평정심을 주소서. 신이시여, 변할 가능성이 있는 현실을 극복할 용기를 주소서, 신이시여, 두 가지 시련을 정확히 판단할 수 있는 지혜를 주소서."

10대까지의 내 삶, 지난 과거는 변하지 않는 현실이다. 하지만 20대부터의 삶은 조금씩 내가 바꿔 나갈 수 있다. 바뀜이 미미하더라도 바뀌는 것은 바뀌는 것이다. 내가 성장하고 발전하는 모습들이 모이고 모여 10년이라는 시간이 지나면 내가 원하는 삶에 가까워질 수 있고, 20년이 지나면 내가 완벽하게 그 삶을 살 수 있다. 단, 노력한다는 전제하에다. 지식을 쌓고 지혜로운 사람이 되어라. 사소한 선택 하나를 하더라도 생각하라. 어떻게 하면 시간을 더 효율적으로 활용할 수 있을지. 더 많이 배울지. 더 지혜로워질지.

더럽고 치사한 인생을 바꿀 수 있는 유일한 마스터키는 본인 자신이다.

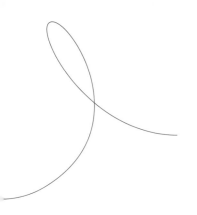

세상에서
가장 공평하게 주어진 것, 시간

시간은 누구에게나 공평하게 주어진다. 또 누구도 시간을 붙잡을 수 없다. 우리는 시간을 보낼 뿐이다. 흘러가는 시간은 야속하게도 우리를 기다려주지 않는다. 심지어 지금 이 책을 읽고 있는 순간에도 시간은 흘러가고 있다.

나를 포함해 많은 여성이 과거의 '사건'에서 헤어나오지 못하는 경우가 많다. 소심하거나 걱정거리가 많은 사람일수록 과거에 얽매어 있을 확률이 높다. 과거의 사건에 얽매어있다거나 지나간 일을 곱씹는다고 해서 결과가 바뀌거나 과거로 돌아갈 수 없음을 알면서도 마음처럼 내 마음속에 불편한 일을 떨쳐버리기가 쉽지 않다. 알고 있다. 하지만 극복할 수 있다.

과거에 혹시 누군가로부터 상처를 받았는가? 그러면 쿨 하게 그 내용을 흰색 종이에 적어놓고 찢어버려라. (머릿속으로 없애고 싶었던 경험을 실제 행동으로 하면 이루어질 확률이 커진다.) 남이 나에게 상처를 주었다고 해서 그 상처로 내 삶을 망가뜨릴 필요는 없다. 강한 트라우마로 남아있다면, 그래서 치료가 필요하다면 정신과나 상담시설을 이용해 문제를 해결하라. 내 마음을 괴롭히는 무엇인가를 스스로 치유할 수 있으면 좋으련만 스스로의 힘으로 극복하기 어렵다면 그 방법을 돈을 주고 구매하는 것도 훌륭한 소비다. 과거의 괴로움에서 되도록 빨리 벗어나야 현실을 직시하고 새로운 미래를 그릴 수 있기 때문이다.

과거에 혹시 누군가에게 상처를 주었는가? 그러면 쿨 하게 내 잘못을 인정하고 다음부터는 비슷한 사건이 돌아왔을 때, 다른 이에게 상처를 주지 않으면 된다. 이왕이면 내가 상처를 준 사람에게 연락해 솔직하게 얘기하고 사과를 구하는 것도 하나의 좋은 방법이 될 것이다.

과거에 혹시 내가 했던 선택이 후회되는가? 그러면 생각 회로를 바꿔보아라. 「chapter 1. 20대 시작, 어떤 여성이 되고 싶은가?」에서 나왔듯 모든 경우의 수는 너의 성공과 행복을 위해 짜여있다고 믿어라. 과거의 선택에 머물러 현재의 선택에도 실수를 범할 수는 없다. 다시 정신을 똑바로 차리고, 현재의 선택이 또 다른 후회를 가져오는 선택이 되지 않게 고민하면 된다.

과거에 혹시 내가 지금보다 잘났었나? 과거의 '나'에서 벗어나지 못해 혹시 '내가 한때…' 하면서 과거 나의 우월함을 누군가에게 과시하고 있거나 그 순간에 멈춰 있지는 않은가? 그것이 혹시 과거의 긍정적인 나더라도, 현재의 나는 아니다. 과거에 성공했던 이력들은 과거의 나다. 과거의 나에게 자신감을 줬을 수는 있으나 만약 이후로 발전이 없었다면 오히려 스스로에게 미안한 마음을 가져야 한다.

과거가 부정적이든 긍정적이든, 그 일로 인해 내가 상처를 받았든 자신감을 얻었든 현재를 사는 그대가 지나간 일은 지나간 일로 치부하고, 현재에 몰입하기를 바란다. 현재에 대한 몰입이 현재를 살고 있는 내가 할 수 있는 가장 위대한 시간을 보내는 방법이다.

현재 나의 위치를 직시하고, 늘 현재에 집중하며 현재를 살아라.

나만의 취미,
내게 잘 맞는 운동 부지런하게 찾기

"취미가 뭐예요?" 소개팅에서 상대가 궁금할 때 흔하게 오가는 질문이다. 심지어 영어를 배울 때도 가장 기본적으로 "What's your hobby?"라는 질문을 배운다. 취미는 직업, 성격을 제치고 나를 가장 잘 표현할 수 있는 수단이기도 하다.

하지만, 이 질문에 당당하게 진짜 내가 좋아하는 취미에 대해 답할 수 있는 사람이 몇 명이나 될까? 자신의 취미와 스트레스 해소 방법을 알고 있는 사람은 남들보다 더 빨리 힘든 시기를 극복할 수 있는 운이 좋은 사람이다.

30살이 넘도록 본인의 취미를 모르거나 스트레스 해소 방법을 몰라 방황하는 사람들이 의외로 많다. 이 책을 읽고 있는 그대도 지금 당장 취미가 뭐냐는 질문이 들어오면 독서나 영화 보기 등 흔하디흔한 대답을 본인도 모르게 늘어놓을 수 있다(물론 그것이 진짜 본인의 취미일 수 있으나 다양한 것을 경험해 보지 못한 채 그냥 대답할 가능성이 크다). 취미를 찾는 것도 노력해야 한다. 스트레스를 푸는 방법도 연구해야 한다. 여가 시간을 어떻게 활용할지도 고민해 봐야 한다. 나를 가장 잘 아는 사람은 나이기에, 내 몸이 행복해하는 것이 무엇인지에 대해 내가 끊임없이 물어봐야 한다. 나 또한, 사실 아직 찾지 못했다. 누군가 내게 취미가 무엇이냐 물어보면 잘 모르겠다고 답하곤 한다. 스트레스를 받았을 때, 어떻게 하면 내 스트레스가 풀릴지 아직도 의문이다. 10년이라는 시간 동안 앞만 보며 달려온 내게, 취미에 돈을 쓰는 건 사치라고 생각했다. 하지만 되돌아보니 아니더라. 취미를 찾기 위해 쓰는 돈은 아깝지 않은 돈이다. 특히, 악기 하나 정도는 20대 때 배워보는 걸 추천하고 싶다. 배워보고 아니다 싶으면 그만둬도 된다. 도전했다는 것만으로도 가치가 있고, 적어도 몇 번 수업을 듣고 악기를 만져봤다는 것만으로도 의미가 있으니. 취미로 무엇을 할까 고민하는 여성이라면 일단 예술에 발을 내딛어보라고 하고 싶다. 예술을 아는 여자는 조금 더 품위 있어 보이니 말이다.

취미뿐만 아니라 운동도 마찬가지다. 필라테스, 요가, 암벽등반, 테니스, 발레, 플라잉 요가, 태권도, 복싱, 폴댄스, 골프 등 요즘에는 운동도 참 다양하다. 크몽이나 탈잉 등을 통해 과거보다 운동도 저렴하게 접할 수 있게 되었다. 운동은 건강과도 직결되기 때문에 보다 젊을 때 내 몸에 맞는 운동을 배워두기를 바란다. 체형과 상관없이 운동을 통해 만들어진 몸에는 자신감이 붙어있고, 어떤 옷을 입어도 옷 태가 나더라. 또 지금 20대를 지내는 그대들은 '30대, 크게 달라지겠어?'라고 생각할 수 있으나 달라지긴 달라진다. 허리 숙여 머리 감고 땅바닥에서 자도 큰 문제 없던 내가, 허리 숙여 머리를 감고 나면 허리를 몇 번 두드리고, 땅바닥에서 잔 날은 몸이 찌뿌둥하니 말이다.

취미와 운동. 나를 위한 투자, 빨리 시작하면 내 몸이 고마움을 느낄 것이다.

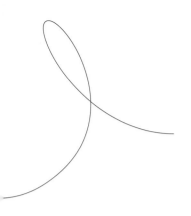

결국, '끼리끼리' 모이게 되더라

롭 무어의 저서 『레버리지』에서는 부자가 되기 위해서 팀을 구축하고 숙련된 네트워크를 활용하라고 한다. "자신과 가장 많은 시간을 보내는 다섯 사람의 합계가 곧 자산이다."라는 말과 함께.

『레버리지』에서 네트워크를 자산에 비유했지만, 인적 네트워크는 자산만 아니라 내 삶의 수준을 변화시킨다. 먹는 음식, 옷 스타일, 가치관과 지식까지. 술을 좋아하는 사람들이 어느 날 예술의 전당 전시회 티켓을 예약하고 다 같이 모여 작품을 감상한 후 작품에 대한 감상평을 늘어놓지는 않지 않은가. 극단적인 비교가 될 수 있지만, 그만큼 20대에는 내가 누구와 어울리는지가 정말 중요하다. 돈을 지불하고 시간을 소비하며 주량을 늘릴 것인가. 돈을 지불하고 지식을 얻으며 문화 수준을 높일 것인가? 같은 돈, 같은 시간을 소비하지만, 누구와 어울리느냐에 따라 나는 다른 삶을 살게 될 수 있다.

기억을 되살려보면 친구 중에서도 불평불만만 늘어놓는 친구가 있었을 것이다. 사사건건 뭐가 그렇게 마음에 안 드는지 부정적 언어만 늘어놓으며 신세 한탄을 하는 친구. 같이 있으면 내 에너지까지 부정적으로 변하고 있는 기분이다. 헤어지고 나서도 뭔가 찜찜한 느낌이 들고, 시간을 헛되게 쓰고 온 것 같은 기분이 느껴진다. 반면에 만나고 오면 에너지가 넘치는 친구가 있고, 이것저것 아는 것이 많아 정보를 얻어올 수 있는 친구도 있다. 발이 넓어 아르바이트 자리 하나 쉽게 구해주는 친구가 있다. 친구를 가려 사귀라는 것이 아니다. 누구를 만나 함께 시간을 보내느냐에 따라 내가 소비하는 시간의 값어치가 달라진다는 것을 조금 더 일찍 깨닫고 지금부터 가치를 높일 수 있는 네트워크를 구성하라는 것이다.

자산 증식에 관심이 많다면 주식이나 부동산 관련 공부를 하는 네트워크(동아리, 동호회, 스터디 등)를 찾아 들어가라. 다른 나라 언어를 배우고 싶다면 외국인 친구를 사귀고, 독서 모임을 갖는 것도 추천한다.

20대 때는 10대와 다르게, 내가 끼어들 수 없었던 수많은 네트워크에 내가 내 발로 들어갈 수 있게 된다. 인터넷이나 SNS를 통해서 충분히 모임을 찾을 수 있고, 내가 관심 있는 분야, 배우고 싶은 분야에 대해 나보다 더 많은 지식을 갖고 있는, 더 나은 사람과 함께 어울리는 기회를 잡을 수 있다.

왜 부모들이 강남 8학군에 기를 쓰고 가서 자식 뒷바라지를 하려 하겠는가? 학습 분위기에 따라 자녀의 성적이 달라지고, 자녀가 어떤 환경에서 어떤 친구들을 만나느냐가 중요한지 알기 때문이다. 10대 때까지 내가 만나고 싶은 사람들을 선택할 수 없었다면, 20대 때는 충분히 내가 만나는 사람들을 업그레이드시킬 수 있다. 눈을 높일 수 있다. 1에서 10까지 경험한 사람은 10과 5를 구별할 수 있다. 하지만 1에서 5까지만 경험한 사람은 5가 가장 값진 줄 안다. 음식으로 예를 들어보자. 소고기를 못 먹어본 사람은 돼지고기가 가장 맛있고 비싼 고기라고 생각할 수밖에 없다. (물론 취향 차이긴 하지만 굳이 비유하자면 말이다.) 이번에는 집으로 예를 들어보자. 한남동, 평창동에 있는, 한강이 보이고 멋진 정원이 있는 단독주택을 보지 못한 사람은 그런 집이 존재하는 줄도 몰라 미래에 내가 살고 싶은 집에 그 집을 그려넣을 수 없다. 10이라는 기준치가 평균이 된 사람은 10을 위해 달려가지만, 5가 평균인 사람은 5에 만족하며 살아간다. 나를 업그레이드 시킬 수 있을 만큼 시키자. 나는 업그레이드 시키기 가장 쉬운 방법은 나보다 나은 사람들과 어울리며, 그 사람들의 수준을 내 수준으로 만들어놓는 것이다.

20대, 내가 노는 물. 수질 관리를 본격적으로 시작하라!

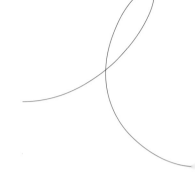

조금은 덤덤하게,
조금은 무디게

       삶을 살아가다 보면 시간이 흐를수록 새로운 사건을 맞이할 순간이 많아진다. 늘 쳇바퀴 돌 듯 학교와 학원, 집을 오가며 같은 학교 친구들을 만나는 삶에서 벗어난다. 전국 방방곡곡에 있는 낯선 사람들을 새롭게 사귀고, 직장 동료가 부모님뻘 혹은 삼촌, 이모뻘이 되는 사람이 될 수도 있다. '와, 어떻게 저런 생각을 할 수 있지? 저런 행동을 할 수 있지?'라는 사람들이 내 눈앞에 나타나고, 혹시 가끔은 타인이 아닌 내가 이상한 사람은 아닐까 고민해 보게 될 때도 있을 것이다. 영원할 것만 같았던 사랑과 우정에 배신당할 수도 있으며, 갑자기 불치병에 걸려 죽음을 앞둔 가족 혹은 나를 발견할 수도 있다. 예상치 못한 행복과 불행이 번갈아가며 예고 없이 찾아온다. 수많은 좌절과 분노, 기쁨과 환희의 순간들이 점처럼 모여 내 인생 그래프를 만든다.

한때 옆 직장 선배에게 이런 말을 들은 적이 있다.

"너는 눈치가 있는 건지 없는 건지 모르겠어. 어떨 때는 눈치가 있는 것 같은데, 또 어떨 때는 눈치가 없는 것 같단 말이지."

내가 생각해도 내가 약간 그런 것 같다. "너는 어떻게 그 말을 듣고 기분이 안 나빴을 수가 있어?"라는 이야기를 친구들에게 종종 듣는 것을 보면 말이다.

어쩌면 나는 스스로 무뎌지기 위해, 어떤 일에도 덤덤해지기 위해 노력했던 것 같다. 사실 어린 시절에는 무척 예민했다. 친구의 말 한마디에 심장이 쿵쾅쿵쾅했고, 혹시 이 말이 나를 비꼬는 것은 아닌지 항상 의심했다. 하지만 지금은 아니다. "너는 왜 이런 일도 제대로 못 하니?"라는 상사의 말에 속으로 '이제 배웠으니 앞으로는 안 그러겠죠. 뭐. 이렇게 일찍 배운 게 어디에요.'라고 생각하고 넘기기 위해 노력하니 말이다. 물론 진짜 무던한 사람이라면 그 말에 상처조차 받지 않겠지만, 대부분의 여성은 나와 비슷할 것이라고 생각한다.

저 사람의 말 뒤에 어떤 의미가 있을지 고민하지 말아라. 비꼬아서 말하는 것은 아닌지, 나를 비난하고 조롱하기 위해 말하는 것은 아닌지 고민될 때마다 오히려 나만 스트레스 받고, 내 기분만 망칠 뿐이다.

한 예로, 내 친구 B 양은 굉장히 예민한 편이다. 직장 동료의 말

한마디, 한마디에 항상 의미를 부여한다. 한마디 듣고 난 날이면 바로 쪼르르 누군가에게 달려가거나 남자친구에게 전화해 지금 한 말의 의미를 해석해 불평을 늘어놓는다. 제3자의 입장에서는 별 의미 없는 말 같은데도 예민한 B 양 스스로가 듣기에는 뭔가 의미가 있어 보인다는 것이다. 게다가 그 의미들은 대부분 부정적이다. 듣는 사람도 피곤하지만, 늘 본인 멋대로 해석해 스트레스 받다 잠도 잘 못 자고 퇴사를 고민하는 그녀가 안타까울 때가 종종 있었다. 때로는 눈치 없어 보인다는 말을 들을지언정 상대의 말에 너무 깊게 빠져들지 말라. 무디게 받아들이고, 둔감하게 반응할 필요가 있다. 그것이 내 생명줄을 연장시키는 일이니 말이다.

태어나길 예민하게 태어났다면 스스로 무뎌지기 위해 조금 노력하는 것도 세상에서 살아남는 방법 중 하나인 것 같다. 세상은 실제로는 나에게 그렇게 관심이 많지 않다. 지나가는 말로 한 모든 비수가 내 마음에 꽂히면 나는 살 수 없다. 때로는 내가 생각하고 싶은 대로 생각하고, 넘기고 싶은 대로 넘겨라

그것도 정 힘들면 '쉣(더 격한 욕을 해도 상관없다)!'이라는 감정적인 말로 그냥 잊어버려라. 덤덤하고 무딘 사람이 더 길게 오래 살아남는 것이 직장 생활 및 사회생활이더라.

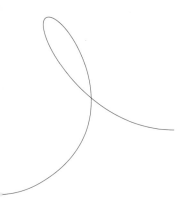

초등학교 4학년 때 컬러 핸드폰이 처음 나왔다. 무게 1kg 미만의 노트북도 2010년쯤 내가 스무 살 무렵 등장했고, 이십 대 초반이 되었을 무렵 카카오톡을 처음으로 접했다. 지문 하나로 다른 사람에게 돈을 보내고 모든 인증이 가능한 시대가 도래한 지도 얼마 안 됐다. 기술이 발전하며 내 삶에도 새로운 것들이 나도 모르게 서서히 스며들고 있더라. 아직 하늘을 나는 자동차가 생기지는 않았지만, 이대로 가면 정말 언젠가는 하늘을 나는 자동차가 생기지 않을까 싶다.

서서히 스며드는 것들을 정말 서서히 받아들였다. 시대가 변했지만, 나는 무뎠다. 코로나 19가 처음 터졌을 때, 코로나로 인해 디지털 발전이 가속화되었다고 기사들이 쏟아졌을 때, 나는 별다른 반응 없이 살았다.

2020년 코로나가 시작됐을 무렵 평소 즐겨보았던 김미경 강사 유튜브에서 긴급하게 영상이 올라왔다. 세상이 변하고 있다는 소식과 함께. 앞으로 디지털 세상에 관해 공부해야 하며, 오프라인 시대를 넘어 온라인 시대를 대비해야 한다고 하더라. 그때도 나는 생각 없이 그 영상을 넘겼었다. 하지만 2022년 현재, 김미경 강사는 mkyu 대학은 설립하고, 학생들에게 메타버스를 가르치고, 디지털 세계를 접목시켜 본업이었던 강사에서 한 발 더 앞서나가 있는 것을 발견하고 다시 한 번 깨달았다.

'아, 나는 시대의 흐름에 또 올라타지 못했구나.'

시대의 흐름에 올라타지 않으면 도태될 수밖에 없다. 시대를 탓할 수밖에 없다. 하지만 시대를 탓해도 시간은 흘러가고, 세상을 내가 바꿀 수는 없다. 시대에 올라타 내가 바뀌는 수밖에는 없단 말이다.

과거 부자들이 살았던 곳은 강북이었다. 다산 정약용은 후손들에게 "사대문 안에 살라"고 했다고 한다. 하지만 시대가 흐르며 사대문보다 지금의 부자들은 강남에 있다. 부의 흐름이 강남으로 넘어오기 시작했을 때, 사대문 안에 살던 부자 중 강남으로 넘어온 사람은 더 큰 부를 이루었고, 사대문 안에 계속 살았던 사람은 지금 강남은 넘보지도 못할 만큼 집값이 올라버렸다. 부의 격차가 시대의 흐름에 올라타지 못했을 때 발생하는 가장 큰 예 중 하나다.

시대에 올라타기 위해서는 민첩해져야 하고, 공부해야 한다. 새로운 것을 보다 적극적으로 받아들일 마음의 준비는 되었는가? 가만히 있으면 아무것도 이룰 수 없다. 앞서 언급한 '일단 무엇이든 하는 것'도 중요하지만, 그 무엇이 무엇이냐에 따라 남들보다 앞서갈 수 있고, 돈 벌 기회를 더 빨리 획득할 수 있음을 잊지 말아라.

시대의 흐름에 올라타는 것 중 가장 기본적인 방은 신문을 읽는다는 것이다. 신문을 읽지는 못하더라도 뉴스라도 매일 보면 하루하루 세상이 달라지는 것을 느낄 수 있다. 한때 매일 뉴스를 보면서 '매일 뉴스가 똑같네.'라는 생각을 한 적이 있다. 어제 보았던 뉴스가 그 뉴스고, 새로운 것이 없어 보였다. 하지만 뉴스에 관심을 끊고 한두 달 후 우연히 뉴스를 보니 처음 접하는 사건들이 세상에서 일어나고 있고, 정치의 흐름, 경제의 흐름도 순간 바뀌어 있더라. 매일 똑같은 기사 같더라도 조금씩 변하고 있는 것을 빨리 캐치하고 알아야 한다.

매일 신문을 읽거나 뉴스 기사를 보면서 이러한 상황에서 내가 어떻게 돈을 벌 수 있을지 한번 고민해 봐라. 예를 들어 대통령이 누가 당선될지, 누가 당선되면 어떤 주식이 오르고 어떤 산업이 더 발전할지 말이다. 그냥 보는 것은 의미가 없다. 세상이 변하는 것을 멀뚱멀뚱 느끼고 있는 것이 아니라 세상이 변하는 과정 속에 나의 자리를 빨리 차지하라는 말이다.

　뉴스 기사를 볼 때는 편식하지 말아라. 정치적으로 치우친 기사를 접하지 않기를 바란다. 『한겨레』 신문을 구독했다면 다시 또 몇 달은 『조선일보』 신문을 구독해라. 네이버 기사나 유튜브의 가장 안 좋은 점은 내가 편식을 하게 된다는 것이다. 보고 싶은 것만 보고, 읽고 싶은 것만 읽게 된다. 중립성을 읽게 되면 올바른 선택을 하지 못하게 된다. 세상에 올라탈 때는 편견과 선입견을 버리고 최대한 많은 정보를 흡수해라.

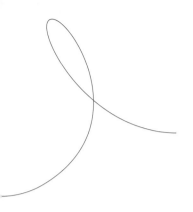

흘러가는 구름처럼
'나'를 보라

생각보다 내 마음을 다스리는 것은 쉽지 않다. 직장 동료가 나를 험담하는 말을 우연히 들었을 때, 가족들이 내 마음을 몰라줄 때, 남자친구에게서 질투심을 느꼈을 때, 친한 친구가 나를 무시하는 말을 할 때 등. 온갖 잡생각이 들고, 때로는 분해서 잠도 안 온다. 다시는 그 친구를 보네 마네, 혼자 어지러운 마음을 정리하느라 정신이 없다. 그나마 어지러운 마음 정도면 다행이다. 도저히 분노가 차올라 눈물이 나고 악을 악을 써서라도 상대와 싸우고 싶어질 때면 내 감정이고 뭐고 이성적인 판단을 내릴 겨를도 없어진다.

나이가 들어도 내 감정 다스리기 어려운 건 매한가지다. 아니 오히려 더 불같아질 수도 있을 것 같다. 내 주변 어른들만 봐도 알 수 있으니 말이다. 따라서 우리는 어렸을 때부터, 조금이라도 빨리 내 마음을 다스릴 줄 아는 방법을 알면 참 좋을 것 같다. 나에게도 상대에게도.

한창 힘든 시기를 보낼 때 작은 사찰을 방문한 적이 있다. 그 사찰에서 기치료를 해주시는 분을 만난 적이 있는데, 그분이 내 영혼에 대해서 묻더라. 영혼과 육체에 대해 고민해 본 적이 있느냐는 말이었다. 늘 '죽은 후에 나는 어디를 갈까, 죽으면 정말 끝일까, 나라는 존재는 무엇일까?'를 고민하던 내게 흥미로운 질문이었다. 그분은 육체와 영혼을 분리시켰으며, 죽은 후에도 우리의 영혼은 존재한다고 말씀해 주셨다. (물론 이것은 과학적 근거가 명확하지 않은 그분의 말씀이었다.) 이 때문에 내 영혼은 영혼일 뿐이고, 내 육체는 육체일 뿐이라는 것이다.

내 이름이 김영희라고 가정해 보자. 김영희라는 이름은 우리 부모혹은 조부모, 혹은 누군가가 내가 그냥 부여해 준 이름일 뿐이다. 내 외모는 유전적 근거로 부모에게 물려받았을 뿐이며, 이는 내 성격도 마찬가지다. 더불어 환경적 요소에 의해 나라는 사람이 존재할 뿐이다. 내 마음도 그렇다. 내가 어떤 감정을 느낀다고 해서 거기에 연연하거나 깊게 빠져들지 말고 내 영혼이 한 발자국 물러나 '나', 즉 '김영희'라는 사람이 지금 이런 감정을 느끼는구나 하고 생각하라는 것이었다. 불안하거나 슬플 때, 나에게서 한 발자국 벗어나 나를 바라보며 지금 이 사람이 불안한 감정을 느끼고 있구나 정도만 느끼라는 것이다. 거기에 집착하고 치우쳐 빠져들게 되면 걷잡을 수 없는 감정의 회오리를 맞이하게 되니 말이다.

정확하게 나 또한 그분께서 해주신 말씀을 이해하지는 못했지만, 지난 20대를 지내오며 어느 정도 그 삶을 실천했던 것 같다. 불안감이 온몸을 휘감거나 공황장애로 죽음의 공포가 느껴지면 내가 실제 그렇다는 것이 아니라 '내'가, '김영희'가 지금 그러한 감정을 느낀다고 인지하는 것이다. 마치 흘러가는 가만히 보듯 '김영희'의 흘러가는 감정을 바라봐주는 것이다. 객관적으로 판단했을 때도 그 상황이 힘든 상황이었다면 나에게 그냥 공감해 주면 된다. '그치, 지금 힘든 감정을 느낄 수 있지.' 정도로 말이다. 하지만 구름이 흘러가듯 우리 감정도 흘러갈 것이고, 흘러가면 언젠가는 새로운 날씨가 찾아오든 새로운 감정이 나에게 찾아온다는 것을 알고 있기에 그것에 연연하지 않으면 된다.

본인을 객관적으로 평가하는 것만큼 중요한 것은 본인의 감정을 있는 그대로 느끼고 인정해 주라는 것이다. 감정은 시시때때로 변한다. 나를 스치는 모든 감정에, 너무 연연해 하지 말아라. 모두가 겪는 일이고, 언젠간 겪었어야 하는 일이며, 이 또한 내 삶의 일부다. 이미 엎어진 물을 주워 담을 수 없듯, 이미 벌어진 일에 너무 많은 에너지를 쏟아 더 불행한 감정을 만들지 말아라. 잠시 눈을 감고 하늘 위를 둥둥 떠다니는 구름을 보아라. 어제의 내 삶이 힘들었더라도, 오늘의 내 삶에 좌절할지라도 구름은 늘 흘러간다. 인생도 구름처럼 흘러갈 뿐 멈추지 않는다. 자연의 힘으로 멈출 수 없는 것들을 붙잡아 시간을 지체하지 말아라. 마음을 내려놓고, 생각을 내려놓는 것에도 연습이 필요하다. 20대, 내 마음을 다스리고 단련시킬 수 있다면 30대에는 어른이 된 나를 발견할 수 있을 것이다.

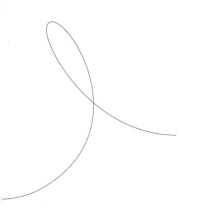

시간에도
복리의 마법이 존재한다

인생은 지독하게 불공평하다. 하지만 유일하게 모두에게 공통적인 것이 있다면 흘러가는 시간을 붙잡을 수 없다는 것과 언젠가는 죽는다는 것이다.

공평하게 주어진 것을 누가 더 잘 활용하느냐는 것은 본인의 노력에 달려있다.

대학생이라면 수업과 수업 사이의 비는 시간을 잘 활용하고, 특히나 방학을 잘 활용해라. 초·중·고등학교 시절보다 긴 방학은 대학 시절의 방학이다. 지금 생각해도 대학 시절의 방학은 정말 꿀맛이었다. 두세 달을 원하는 대로 놀 수 있고, 방학숙제도 없고, 나를 기다리는 수능이라는 제도도 없으니 얼마나 좋은가? 물론 취업이라는 큰 문턱이 기다리고 있으나 이 시간을 자유롭게 잘 활용하기만 하면 남들보다 훨씬 앞서나갈 수 있다.

지난 나의 대학 시절의 방학들을 돌이켜보면 사실 그렇게 훌륭하게 보내지 않았다. 1학년부터 4학년까지 총 8번의 방학이 있었고, 그중 5번의 방학은 무의미하게 흘려보냈던 것 같다. 매일 놀러 다녔고, 토익 학원에 다닌답시고 돈만 날렸다. 실제로 점수를 따지는 못했고, 학원 끝나면 집에 와서 별다른 거 없이 하루를 보냈다. 가끔 친구들이랑 여행을 가긴 했지만, 해외로 여행을 떠나거나 자격증을 취득하기 위해 노력한 적도 없었다. 그저 즐겼다. 그나마 언론인의 꿈을 꾸기 위해 각종 토론 대회를 준비하고, 대학생 기자단 활동을 하고, 언론고시를 준비하며 지냈던 것이 나머지 잘한 3번의 방학이었다.

내가 후회는 5번의 방학 기간 동안 내가 조금 더 열심히 살았더라면 어땠을까 하는 생각이 든다. 비록 지금은 언론인의 길을 걷고 있지는 않지만, 실제 언론인이 됐을 수도 있다고 생각한다. 그리고 경제적 지식을 조금 더 일찍 쌓고 돈에 눈을 떴더라면 오히려 지금쯤 일찍이 내가 목표하는 부를 이루고 편하게 살 수도 있지 않았을까 싶다. 그나마 3번의 방학을 알차게 보내고, 휴학 한 번 없이 대학 생활을 열심히 보냈기에 지금의 내가 만들어졌기는 하지만, 그래도 가끔은 모두에게 주어진 방학이라는 시간을 더 촘촘하고 계획적이게 보내지 못한 과거가 아쉽다.

대학생이 아닌 직장인이라면 위의 이야기는 잊어라. 이제 방학은 없다. 당신 삶의 방학은 한동안 주말이나 공휴일이 전부일 것이다. 그렇다면 방학이 없는 삶에서 나는 어떻게 살아야 할까?

아침에는 몇 시에 일어나는가? 퇴근 후에는 무엇을 하는가? 출퇴근 시간에는 무엇을 하는가? 일주일 정도 기간을 정해두고 시간별로 만들어져 있는 플래너에 계획을 짜지 말고, 실제 본인이 무엇을 하고 있는지 적어보기를 바란다. 낭비되는 시간이 아마 꽤, 아니 엄청나게 많을 것이다. 그 시간을 활용해 책을 보고, 자격증을 딸 공부를 하고, 미래를 계획해 실천하라. 이직을 하고 싶다는 친구가 늘 입버릇처럼 하는 말이 있다. "시간이 없어."라는 것이다. 개인적으로 그건 거짓말이라고 생각한다. 거짓말에 본인이 속은 것이다. 시간은 있다. 그리고 지금 그 시간을 어떻게 보내는가에 따라 인생에도 복리의 법칙이 존재한다. 내가 시간을 유용하게 쓴 만큼 성공의 복리가 올라간다는 것이다.

어려운 뉴스 기사가 있을 때, 혹은 회사 내에서의 규정, 법규가 있을 때, 두 번, 세 번 보면 이해가 가는 경우가 있었을 것이다. 마찬가지다. 처음 10분을 알차게 보내는 것은 어렵지만, 이 10분이라는 시간이 늘어나면 늘어날수록 당신은 성공에 한 발자국씩 더 가까워지고 있을 것이니 말이다. 10분이라는 시간도 활용하기 어렵다면 일단 자리에 앉아라. 일단 책을 사라. 일단 인터넷 강의를 신청해라. 자리에 앉고 책을 샀고, 강의를 신청했는가? 그럼 유튜브, 넷플릭스를 끄고 핸드폰을 내려놓고 일단 책을 펴라. 일단 강의를 켜라. 무엇이든 일단 하면 반은 시작한 것이니 말이다.

유일하게, 정말 유일하게 공평하게 주어진 시간을 핸들링해라. 더 일찍 핸들링할수록 당신의 노후는 더 편하고, 당신은 똑같은 시간 속에서도 가족, 친구들과 더 행복하게 만들 수 있을 것이다.

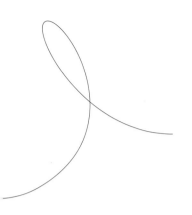

'매일, 조금씩,
천천히, 꾸준히'의 힘

5분의 소중함에 대해 생각해 본 적이 있는가? 생각보다 5분이라는 시간은 활용성이 꽤 높은 시간이다. 하루에 주어진 24시간이라는 시간 중 단 5분을 어떻게 활용하느냐에 따라 내 인생이 바뀔 수 있다. 충분히 가능하다.

5분 동안 할 수 있는 긍정적 행동의 기본적인 것들을 나열해 보겠다.

우선 5분 동안 글을 쓸 수 있다. 일기를 쓸 수도 있고, 다이어리 속에 메모를 해둘 수도 있다. 당시 만난 사람, 내 감정, 내가 했던 일 처리, 기억하고 싶은 문구 등. 그 5분의 기록은 어느새 쌓여있을 것이고, 쌓이고 쌓인 기록은 버리기 너무 아까운 나만의 자서전이 될 수도 있고, 에세이 형식의 책으로 발행할 수도 있는 돈벌이가 될 수도 있다. 과거의 나를 회상하며 성장할 기회가 되기도 할 것이다. 말보다 글의 힘은 더 크다. 나의 꿈을 매일 반복해 5분 동안 적기만 해도, 글을 쓴다는 행위만으로도 내 삶을 조금 더 나아질 수 있다. 5분 동안 무언가를 적는다는 것, 글을 쓴다는 행위에 대해 적극 추천한다.

또, 전자책을 구매해 읽을 수도 있다. (요즘은 읽고 싶은 책은 전자로 구매해 읽을 수도 있더라.) 전자책이 아닌 종이책이나 신문이면 더 좋을 것 같다. 잠들기 전 혹은 출근한 후 일을 시작하기 전, 5분이라는 시간을 정해놓고 매일 독서를 한다면 일주일이면 35분이 된다. 35분이면 꽤 많은 분량의 독서량이고(우리나라 평균 독서량을 보면 한 달에 한 권도 읽지 않는 성인이 많다), 한 달만 쌓여도 책 한 권은 거뜬히 끝낼 수 있을 것이다. 물론 이보다 더 많이 읽으면 좋지만, 책을 읽기 귀찮고 마땅히 책을 읽을 시간을 내지 못하는 사람들에게는 5분을 활용해 책과 가까워질 수 있는 쉬운 방법이다.

책을 읽거나 글을 쓰고 싶지 않다면 한동안 연락을 못 했던 친구에게 내 시간을 선물할 수 있다. 잠깐 짬을 내서 통화로 안부를 물을 수도 있고, SNS를 통해 안부에 정성스레 답을 해줄 수도 있고, 보고 싶다는 말을 남길 수도 있다. 가족에게 전화해 사랑을 표현하기도 매우 좋은 시간이다. 세상을 살다 보면 생각보다 친구나 내가 소중히 여기는 사람들에게 연락을 잘 못 하게 된다. 성인이 되면 학창 시절의 친구들에게 더 그렇게 되더라. 그러다 어느 날 문득 연락하면 어색해져 있는 사이가 안타까울 때가 있다. 정말 잠깐이라는 시간이지만 매일 5분 동안 내 주변 사랑하는 한 명에게 그 시간을 온전히 선물한다면 일주일 동안 나는 7명의 사랑하는 사람과 함께 시간을 보낼 수 있는 것이다.

운동도 마찬가지다. 요즘은 유튜브에 워낙 5분, 10분짜리의 영상이 많이 올라와 있다. 5분 동안 영상 속 유튜버를 따라 하면 운동을 할 수 있는 것이다. 스트레칭도 마찬가지다.

덜도 말고 더도 말고 딱 5분이다. 정말 행동으로 옮기기 귀찮은 것, 미루고 싶은 것에 딱 5분만 투자해라. 단, 매일, 꾸준히, 조금씩.

짧지만 긴, 길지만 짧은 '5분'을 활용해 나만의 루틴을 만들면 그 루틴은 내 삶의 일부분이 되어 결국 더 나은 나를 만들어줄 것이다.

Chapter4.

돈을 다룰 줄 아는 여자는

매력적이다

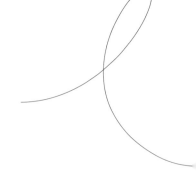

돈, 지독하고
무식하게 모아라

　　　　　이제 막 10대를 벗어난 그대여, 경제적 자유를 꿈꾸는 그대여, 예금과 적금의 차이는 알고 있는가? 내 과거를 돌아보면 나는 예금과 적금의 차이도 모르는 채 27살까지 살았다. 아르바이트 한 돈을 입출금 통장에 그냥 넣어두고 체크카드로 모든 것을 결제했다. 돈은 그냥 벌면 되는 줄 알았다. 은행은 대출을 위해 가는 곳이라고 생각했고, 대출로 돈을 빌린다는 것은 나에겐 너무나 멀고 무서운 일이었다. 고작 10만 원, 20만 원 갖고 있는 내가 은행에 가서 이것저것 물어보면 창구직원이 속으로 나를 비웃을까봐 혹시 무시할까봐 창피했다.

　신입 시절 금융에 대해 무지한 상태로 취업을 한 내게 직장 동료들은 이것저것 물어보기 시작했다. 신용카드는 쓰는지, 펀드는 가입되어 있는지, IRP는 가입할 것인지, 주식은 하는지. 당최 무슨 말인지 모르겠는 금융 용어들을 쓰며 내 자산관리에 관해 물어보는데 낮빛이 뜨거웠다.

돈을 불리는 것에 무지했던 나는 월급을 받으면 무조건 돈을 무식하게 모으기 시작했다. 신용카드를 만들지 않았으며, 펀드, 주식계좌 개설, IRP 통장 개설은 꿈도 안 꾸었다. 월급이 200만 원가량 들어오면 150만 원가량은 적금으로 넣었다. (적금은 매달 같은 금액을 넣어 정해진 기간 동안 돈을 모으는 것이고, 예금은 정해진 돈을 일정 기간 동안 묶어두는 것이다. 적금에도 매월 같은 금액을 넣어야 하는 정기적금이 있고, 매달 자유롭게 납입할 수 있는 자유적금이 있다.) 150만 원을 한꺼번에 넣지 않고 50만 원짜리 적금 두 개, 30만 원 한 개, 20만 원 한 개를 만들었고, 성과급이나 월급 외 부수입이 들어오는 것은 자유적금에 넣어두거나 예금 상품에 가입해 두었다. 어떤 상품이 이율이 높은지는 신경 쓰지 않았다. 일단 안 쓰고 모으는 것이 나의 목표였기 때문이다. 만기 기간도 다 다르게 해놨다. 성취감을 맛보고 싶어서였다. 백화점 브랜드 화장품이나 명품 가방, 옷은 취업을 하고 2년 동안에도 내 손으로 직접 사본 적이 없다. 말 그대로 쓰지도 않고 무식하게 돈을 모은 것이다. 그 당시에는 내 핸드폰 은행 어플 속에 들어있는 적금 가입 개수를 보면 그렇게 뿌듯할 수가 없었다. 통장에 1천만 원 만들기까지가 고비였던 것 같다. 아무리 안 쓰고 모으고 모은다고 했는데 내 통장에 0이 7개 찍히는 것이 이렇게 어려운 줄 몰랐다. 하지만 1천만 원 모으고 나니 같은 돈을 모으는 데도 2천만 원은 생각보다 빨리 모였던 것 같다. 2

천만 원의 씨드머니(종잣돈)를 만든 나는 그때서부터 이 돈을 어떻게 활용해 볼까에 대해 고민하기 시작했다. 무엇인가에 투자하려면 씨드머니(종잣돈)가 1천만 원 이상은 있어야 뭐라도 시작할 수 있다는 정보를 얼핏 들었기 때문이다. 그리고 나는 그 돈을 가지고 정말 투자를 시작했다. 그것도 부동산 투자를!

지금 이 책을 읽고 있는 20대들이여, 돈에 눈을 뜨기를 바란다. 돈을 다뤄보지 않은 경우 '소비'보다는 '저축'에 초점을 맞춰라. 처음부터 투자를 하거나 돈을 불릴 생각을 하지 말고, 우선 목표를 잡고 그 금액을 무식하게 모아라. 본인의 생활비 빼고는 전부 적금이나 예금 통장에 넣어 돈을 모으면서 동시에 공부를 시작하라. 내가 1천만 원이 모였을 때, 혹은 2천만 원이 모였을 때, 그 종잣돈을 어디에 활용할 수 있을지, 나랑은 어떤 투자가 잘 맞는지 생각하고 배워두기를 바란다. 종잣돈이 없는 상태에서 뭣 모르고 시작하려면 내가 갖고 있는 돈이 하염없이 작아 보일 수 있고, 100만 원, 200만 원으로 투자해 보는 이익으로는 만족감을 느낄 수 없다. 또 무작정 투자하는 것보다 공부하고 투자하는 것이 효율적이다.

친구가 혹은 옆 직원이 비트코인으로 성공했다고 해서, 주식 단타로 몇백만 원을 손에 거머쥐었다고 해서 그들을 따라 투자하지 말아라. 본인이 모르는 분야에 혹시 투자해서 이익을 봤다고 하더라도, 그것은 본인의 실력이 아니다. 공부 없이 한 투자는 나중에 손해가 생겼을 때 그 누구에게도 책임을 물을 수 없다. 팔랑거리는 귀는 닫아라. 평생 누군가의 조언으로만 내 피, 땀, 눈물이 들어간 돈을 움직일 수는 없다. 코인으로 돈을 벌고 싶다면 적어도 코인과 관련된 가상화폐 시장에 관한 책 1~2권은 정독하고 확신을 갖고 투자하라. 공부하고 투자해 잃은 돈은 적어도 본인의 공부 방향이 어떻게 틀렸는지에 대한 교훈을 줄 수 있다.

본인 기준에 맞는 종잣돈이 모일 때까지 최대한 많이 공부하고, 최대한 무식하게 돈을 모아라.

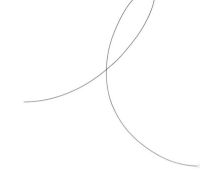

수준에 맞는
소비 습관을 길러라

　　　　　소비 패턴을 바꾸기는 쉽지 않다. 실제로 내 친구 C 양은 소비를 줄일 수 없어, 퇴근 후 그리고 주말에 아르바이트를 한다고 한다. 소비를 줄이느니 차라리 일을 더 하겠다는 것이다. 이처럼 한 번 몸에 배인 소비 패턴은 쉽게 바뀌지 않는다. 따라서 20대부터 착한 소비 습관을 길러놓는 것이 중요하다. 그렇다면 착한 소비는 무엇일까? 여기에서 내가 말하고자 하는 착한 소비 습관, 좋은 소비 습관. 즉, 나의 수준에 맞는 소비다.

　나의 수준에 맞는 소비를 하기 위해서는 내가 쓸 수 있는 금액을 먼저 정하고 그 금액 안에서 소비를 하면 된다. 매월 고정적인 소비 항목에 식비와 쇼핑비를 정하고, 그 금액 안에서 내가 필요한 물건을 구입하고 식비를 사용하는 것이다. 만약, 내가 정해놓은 쇼핑비가 10만 원이라고 치자. 그러면 한 달 동안은 10만 원 내에서 쇼핑을 즐겨라. 다음 달에 겨울 코트 한 벌이 필요한 것 같다고 가정하면, 이번 달 쇼핑비에서 5만 원을 남겨두고 다음 달에 5만 원과 10

만 원을 합쳐 15만 원짜리 코트를 사는 것이다. 내 용돈의 80%는 저축한다는 마음으로 생활비를 측정해라. 20대 때는 뭘 입어도 예쁘다. 굳이 비싼 것, 유행인 것을 따를 필요가 없다. 나에게 잘 어울리기만 하는 옷이면 된다. 비싼 옷을 입는다고 해서 내 값어치가 올라가는 것이 아님을 명심해라.

지금 내 소비 패턴을 모르겠다면 한 세 달은 잡고 가계부를 작성해라. 내가 쓰는 것들, 그게 무엇이 되었든 지출하는 족족 가계부에 기록한 후 본인이 얼마나 불필요한 것들에 소비하고 있는지를 깨닫기를 바란다. 전체 인구 중 아마 자신이 정확하게 무엇을 소비하고 무엇에 지출하고 있는지 아는 사람은 1%가 되지 않을 것이다. 특히나 현금이 아닌 카드를 쓴다면 지금 당장 내 눈에 보이는 현금이 없다 보니 내 지출에 더 무감각할 것이다. 가계부가 다 작성됐다면 굳이 필요하지 않은 것에 돈을 얼마나 썼는지를 다시 계산해 본 후 같은 실수를 하지 않도록 해라. 그것도 어렵다면 일주일 동안 쓸 현금 양의 정해놓고 현금을 가지고 다니며 쓰기를 바란다. 소비도 습관이기 때문에 일찍이 형성시켜 놓은 습관은 내 미래의 자산 가치를 변화시킬 수 있다는 것을 잊지 말라.

또, 소비를 할 때는 이것이 투자할만한 가치가 있는지 아니면 곧 버려지고 말 물건인지를 고민해 봐라. 대부분의 물건은 짐이 된다.

짐은 내가 들어서 움직이지 않는 한, 버리지 않는 한 이동하지 않는다. 쌓여만 간다. 버리기도 애매한 물건들이 산더미다. 심지어 돈을 내고 버려야 하는 물건들도 있다(큰 가구, 전자기기 등).

내가 샀을 때 값어치가 오를 것과 사면 값어치가 떨어지는 것을 구별할 줄 알아야 한다. 최근 샤넬 가방이나 롤렉스 시계는 재테크용으로 사용하기도 하지만 일반적으로 물건은 사고 나면 그 가치가 떨어지기 마련이다. 사용감이 생기면 더 그렇다. 그러니 무엇이든 비싼 것을 살 때는 100번은 고민해 봐라. 이 물건이 정말 나에게 필요한 것인지, 이 물건이 다른 물건들에 비해 그만큼의 가치가 있는지. 사고 난 후 내게 더 큰 이익을 가져다줄지, 내가 사용하고 나면 가치가 떨어질지 말이다.

내가 번 돈을 혹은 용돈을 너무 가볍게 생각하지 않기를 바란다. 좋은 소비 습관은 더 풍요로운 미래를 만드는 데 도움을 준다.

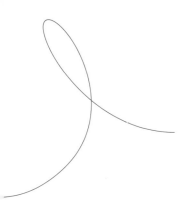

배움을
일상화하라

　요즘에는 인터넷 카페나 크몽, 탈잉, 숨고 등의 플랫폼에 자신이 갖고 있는 전문 지식을 판매하는 사람들이 많아졌다. '배움'에 대한 기회가 단군 이래 이렇게 쉽게 주어진 적이 있었을까? 저자 또한 가방 1개로 3년을 나고, 신발 한 켤레를 사면 4~5년은 신지만, '배움'에 대한 것은 절대 아끼지 않았다.

　면접을 준비할 때도 마찬가지다. 대개 취준생들은 불안한 마음을 다잡기 위해 면접 스터디를 많이 한다. 서너 개의 스터디를 꾸려 서로 질문하며 피드백 해 면접 연습을 하는 경우가 있는데, 사실 면접 스터디에서는 고만고만한 사람들끼리 서로를 평가하는 경우가 많기 때문에 그다지 추천하고 싶지 않다. 물론 조금이라도 발빠르게 정보를 가져오는 스터디원이 있다면 그것을 천운으로 여기고 그 정보를 빼먹으면 좋겠으나 이런 경우를 제외하고는 도토리 키 재기인 상황에서 서로를 평가해가는 것은 시간 낭비가 된다. 스터디 1개와 면접 학원 1개를 등록해서 전문가의 조언을 들어보는 것을 오히려 추천한다. 내가 내 이미지를 잘 모르겠다면 이 또한 타당한 돈을 지불하고 내 이미지를 찾아줄 수 있는 전문가에게 상담을 요청하면 된다. 구청에서 하는 여성 인력을 위한 수업을 찾아보는 것도 추천하고, 부동산, 주식, 자산관리 컨설팅도 일찍 받아보는 것을 추천한다. 영어 회화를 배워보는 것도 좋고, 타로나 사주, 상담을 배워보는 것도 좋다. 분야는 상관없다. 무엇이든 배우고 싶다면 즉시 행동에 옮기고, 배우고 경험하는 것에 돈 쓰는 것을 절대로 아까워하지 말아라. 20대의 배움과 경험은 무엇과도 바꿀 수 없는 나의 자산이 된다. 설사 강의 내용이 시시하더라도, '이런 강의는 내게 시시하구나.' 하며 평가할 수 있는 것도 돈을 쓰지 않고는 배울 수 없는 것이다. 단 한 가지를 얻더라도 그것은 충분히 가치 있는 소비가 될 것이라고 믿는다. 물건을 구입하는 것보다 지식을 구입하는 것이 20대의 나를 성장시키는 일이다.

배움은 단순히 지식을 쌓는 수단 이상이다. 배움으로 무엇인가를 알았을 때 내가 무엇인가를 선택할 수 있는 선택의 폭은 넓어지고, 경험할 수 있는 경험치가 올라가며, 이로 인해 삶의 방향성이 바뀌기도 한다.

지금 20대인 그대가 '그래, 20살 때 배우면 되지.'라고 생각한다면 그 마음을 일찍이 접어라. 지금도 배우고, 30대 때도 배우고, 40대 때도 배우고, 회사에서도 배우고, 가정에서도 배워야 하니, 배우지 않으면 살아남을 수 없는 시대에 들어와 있다.

  은행 업무, 배달 주문도 마찬가지다. 은행 업무가 디지털화되면서 종이 통장이 사라지고 지문 하나로 예, 적금 개설 송금이 가능해졌다. 하지만 아직도 종이 통장을 들어와 타인에게 이체하기 위해 1시간 이상을 대기하는 어르신들이 있는가 하면 어떻게든 핸드폰을 가져와 배우기 위해 알려달라고 붙잡아 노력하는 어르신들이 계시더라. 50대인데도 나 못하니 인터넷 뱅킹 앱을 설치하지 말라는 분이 계시고, 70대인데도 인터넷 뱅킹을 깔아달라며 노트와 펜을 가져와 공부하려는 분들이 계시다는 말이다. 물론 한 번에 그 70대 어르신이 은행 어플 사용 방법을 익혀 송금하지는 못하더라도 배우려는 의지가 있는 어르신들은 곧잘 따라 한다. 하지만 배우려는 의지가 없는 어르신들은 직원이나 젊은 사람들의 말은 들으려고 하지 않으시더라. 어려울 수 있고, 답답할 수 있고, 막막할 수 있다. 하지만 그 과정에서도 하려고 하시는 분들은 어떻게든 알아내 손주들에게 용돈을 보내고 굳이 집 밖에 나와 ATM 기계에서 돈을 세 꽁꽁 돈을 갖고 다니시지 않는다. 일상생활에서도 배우고자 하는 자와 배우고자 하지 않는 자의 차이는 크다.

  회사 생활에서도 마찬가지다. 국가기술 자격증으로 데이터 관련 자격증이 나왔을 때, '나는 문과니까 필요 없어.'라고 외쳤던 사람들보다 '요즘 흐름에 따라 배워볼까?' 하는 사람들이 자격증을 일찍 따고, 여러 부서에서 환영받으며 이직도 훨씬 수월하게 한다. 배우고자 하는 의지가 없고, 현재 본인의 맡은 일만 쳇바퀴 돌듯 하는 사람들은 그야말로 현실에 안주하다 못해 주저앉게 된다.

사업하는 이들도 마찬가지다. 10년 전만 해도 입소문이 중요했다. 하지만 이제는 SNS상의 홍보가 더 중요한 시대가 되었다. 더 이상 어떤 방송에 나오거나 누가 이 집에 와서 밥을 먹었는지 사인을 걸어놓는 것이 큰 의미가 없어졌다는 것이다. 그것보다 직접 찾아온 고객들이 SNS상의 평가와 사진 한 컷이 더 큰 파급력을 가져온다. 창업을 하는 사람들도 배우지 않으면 기술만 가지고는 장사의 신이 될 수 없다.

어린 시절 수학 문제를 풀며 '수학은 왜 배워야 할까?'라는 고민을 한 적이 있다. 마트에 가서 계산만 똑바로 할 수 있는 정도만 되면 되지 왜 의무 교육과정을 거치며 적성에도 맞지 않는 다양한 과목을 배워야 하는지 의문이었다. 하지만 지금은 다르다. 공부는 단순히 지식을 쌓는 수단은 아니다. 공부를 통해 생각의 폭을 넓힐 수 있다고 생각한다. 그것이 수학이 되었든, 과학이 되었든, 사회가 되었든, 국어가 되었든. 결국, 내가 배운 교과목들이 내 삶에 어떠한 영향이든 주더라. 그러니 배움에 인색하지 말고, 배움에 소극적이지 않았으면 좋겠다. 그게 어떤 배움이 되었든 말이다.

60% 할인 행사,
3포인트 적립에 넘어가지 말라

'마지막 세일', '60% 세일', '3포인트 적립' 이런 문구를 보면 무엇인가를 꼭 사야 할 것 같고, 지금 사면 더 싸게 사는 것 같고, 왠지 이득을 본 느낌이 든다. 언젠가는 필요해 보이는 물건처럼 보이니 지금 사면 저렴하게 산 것 같아 뿌듯함이 드는 것은 장사꾼들의 속임수에 넘어가는 것이다. 현혹되지 말아라. 물건을 구입할 때는 내가 필요한 것이 아니라면 그것이 혹시 공짜일지라도 받아오지 말아라. 나에게 필요치 않은 물건은 언젠가는 쓰레기가 되고, 짐이 된다. 할인하는 제품, 포인트가 더 많이 쌓이는 제품을 사지 말고 '나에게 필요한 물건'을 구입해라.

20대 때는 소비 습관을 만드는 시간이라고 앞서 언급한 부분이 있다. 할인하니까, 적립을 많이 해주니까 해서 쓰기 시작했던 1만 원, 2만 원의 금액들이 점점 불어나 10만 원, 20만 원이 된다. 설사 내가 과거보다 돈을 더 많이 벌어 내 통장에 돈이 더 많아지더라도 무조건 덜 쓰고, 현명하게 소비하는 것이 중요하다. 할인할 때

쟁여두는 것이 아니라, 할인을 안 하고 제값을 지불해 사더라도 내가 필요한 시기에 필요한 것을 사는 것이 줏대 있는 소비다.

　백화점에 가면 종종 "2만 원만 더 채우시면 상품권을 드려요."라는 얘기를 듣는다. 홈쇼핑에 가입해 놓고 보면 "이번 달 10만 원어치만 더 사면 할인 쿠폰에 당첨됩니다."라는 홍보 알림이 뜨기도 한다. 의류 쇼핑몰도 마찬가지다. 지금 가입하면 2,000원 쿠폰을 준다는 알림이 뜨는데 단, 오늘 안에 구입해야 한다는 것이다. 참 세상이 좋아졌다. 가만히 있는 나에게 핸드폰 알림으로 내가 조금만 더 소비하면 다양한 혜택을 얻을 수 있다고 알려주니 말이다. 하지만 이것이 과연 적절하고 현명한 소비일까? 굳이 필요 없는 것을 지금 사서 소비를 한 후 할인 쿠폰을 받으면 또 그 할인 쿠폰이 소멸되기 전까지 사용해야 한다는 것인데, 그러면 그 할인 쿠폰이 아까워 또 굳이 사용하지 않아도 될 물건을 구입하게 되는 것이다. 통장이 통통하고 돈이 많아 무엇이든 아깝지 않다면야 상관없지만, 돈을 불리는 20대들의 귀가 그렇게 얇아서야 되겠는가?

　차라리 안 쓰고 아끼자. 아끼는 것이 최고의 할인 쿠폰이니 말이다.

버스를 못 타는 여자가 아닌,
버스를 안 타는 여자가 되어라

　돈이 없어서 버스를 못 탄다고 생각해 보자. 억울하고 서글프다. 집까지 가는 길이 한 정거장이더라도 내가 왜 이렇게 살아야 하는지 신세 한탄이 먼저 나오고 집까지의 거리가 멀게만 느껴질 것이다. 다 걸어 집에 도착하고 나면 팔다리가 쑤시고 괜스레 감기에 걸린 듯한 느낌이 들 수도 있다. 하지만 이와 반대로 운동을 하거나 돈을 아끼기 위해 버스를 안 타고 걸어간다고 생각해 보자. 한 정거장이라도 걸은 스스로에게 뿌듯함이 느껴질 것이고, 조금이라도 더 걸었다는 것에 오늘 하루를 잘 보냈다는 생각이 들 수도 있다. 대중교통을 이용하지 않고 똑같이 걸어서 집까지 가는 행위인데도 전자의 상황은 우울하지만, 후자의 상황은 그렇지 않다.

　지금 돈이 없는 것과 50대에 돈이 없는 것은 다르다. 부동산에 열렬한 관심을 보이며 매주 임장에 가고 엑셀파일을 만들어가며 공부하는 친구 C 군이 있다. 그 친구는 이렇게 말한다. "지금이야 돈이 없어 깡소주 먹으면서 버틸 수 있지만, 50대에도 돈이 없어 남들 고급 레스토랑에서 와인 마실 때 깡소주 마시기 싫어. 그때 남들 골프 치러 다닐 때, 생활비가 부족해 회사 퇴직하고 알바 하고 싶지 않아."라고 말이다. 참 와닿는 말이었다.

나는 20대의 그대들이 미래에 돈이 없어서 버스를 못 타고, 먹고 싶은 식당의 음식이 비싸서 못 사 먹는 사람이 되지 않았으면 좋겠다. 돈이 있지만 운동하기 위해 버스를 안 타고, 돈이 있지만 필요하지 않기 때문에 명품 가방은 안 사는 여성이 되었으면 한다. 못 타는 것과 안 타는 것, 못 먹는 것과 안 먹는 것, 못 사는 것과 안 사는 것의 차이는 천지 차이다. 지금 '못'하는 거야 젊어서 그렇다 치자. 나이 들어서도 '못'하는 것은 자기 자신에게 미안한 일이다. 50대의 나는 20대의 내가 만든다.

자신이 얼마나 불운하고 불행한지 늘 고민하는 여성이 아닌, 더 가치 있는 선택을 통해 성장하는 여성이 되기를 바란다. 20대는 그 준비를 할 수 있는 시간임을 잊지 말라.

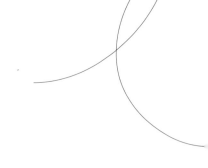

내가 살 집은 내가 고른다.
부동산에 일찍 눈 떠라

'집은 남자가 해온다?' 옛말이다. 혹시 아직 그 말을 철석같이 믿고 있다면 지금이라도 그 생각은 바꾸는 것이 좋을 것이다. 대학 생활 4년에 군대까지 다녀온 남자가 집을 마련해 오는 것이 비정상이라고 생각하면 된다. 특히나 그 남자의 능력이 아닌 부모님의 재력으로 집을 장만해 온 사람이라면 더욱이 그 집의 가치를 높게 평가하지 말아라. 배우자를 선택하는 시기에 여자들이 하는 가장 큰 착각이 남자 부모님의 재력을 남자의 능력으로 착각하는 것이다.

오히려 반대로 마인드 세팅을 하는 것이 도움될 수도 있다. '내가 먼저 집을 구입해 놔야겠다, 내가 살고 싶은 집을 선택해 놔야겠다!'라는 마인드 말이다. 부동산에 일찍 눈을 뜨는 것은 인생에 많은 기회를 준다. 미래에 내가 살 집은 어느 위치가 좋을까, 이 집을 사려면 얼마가 필요할까, 첫 집은 어디로 하고 그다음 동네는 어디로 옮기는 것이 좋을까 고민하고 꿈꿔보는 것이다. 어렵게 생각하지 말아라. 부동산 관련 책을 한 권 사서 읽어 보기도 하고, 부동산 관련 유튜브를 그냥 넘기지 말고 한 번 유심하게 보면 된다. 내가 살고 있는 이 지역도 내가 잘 알 수 있는 부동산이다. 우리 학교 근처, 내 직장 근처, 우리 친척 동네. 가는 곳을 모두 내가 공부할 수 있는 부동산이라고 생각하고 임장 왔다는 생각으로 둘러보아라. 학군은 어떤지, 주변 편의시설은 잘 되어있는지, 직장인들은 많은지, 앞으로 교통은 어떻게 발전할지 말이다. 다양한 동네의 분위기도 계속 느껴보는 것이 좋다. 지금 부동산 시장이 떨어지고 있는지 오르고 있는지, 매매, 전세, 월세가는 어떻게 변동하고 있는지도 꾸준히 관심을 갖자.

20대에 '부동산'이라는 단어는 멀게 느껴지고 아득해 보이지만, 사실은 그렇지 않다. 나 또한 29살에 2,000만 원의 씨드머니가 생겼을 때 가장 먼저 한 투자가 부동산이다. 전세를 끼고 갭투자를 (갭투자: 시세 차익을 목적으로 주택의 매매가격과 전세금 간의 차액이 적은 집을 전세를 끼고 매입하는 방식) 했다. 1천만 원, 2천만 원을 가지고 있더라도 해볼 수 있는 것이 부동산 투자다.

20대에 내가 사는 곳은 나를 대변하지 않지만 30대에 내가 사는 곳, 50대에 내가 가진 집은 내가 어떻게 살아왔는지를 대변해준다. 특히, 대한민국에서 '내가 사는 동네, 내 집'은 내 명함이 되기도 한다. 한 번에 좋은 집을 사서 내 집 마련을 하라는 것이 아니다. 빌라도 상관없고 오피스텔도 상관없고 아파트여도 상관없다. 첫 부동산 투자처가 꼭 내가 살고 싶은 지역일 필요도 없다. 20대의 내 명의로 된 부동산 한 채를 갖고 있으면 30대의 시작이 든든할 것이고, 40대에 내가 원하는 지역에 입성할 가능성은 더 커진다. 단, 세금이나 청약 등의 문제도 있다는 것을 간과하지는 말아라. 관심을 가져야 그 세상에 눈을 뜰 수가 있다. 한발 다가가는 것이 어렵지 그 이후는 수월해진다.

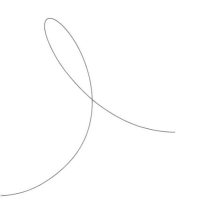

부자처럼
생각하고 행동하라

"물고기를 잡으려면 물고기처럼 생각하라."라는
말이 있다. 마찬가지다. 부자가 되려면 부자처럼 생각하라.

돈을 싫어하는 사람이 있을까? 이른 나이에서부터 너무 돈, 돈,
돈, 외치는 것이 속물처럼 보이는가? 하지만 가슴에 손을 대고 다
시 생각해 보라. 내가 과연 속물이 아닌지. 그리고 세상의 백만장
자들이 속물처럼 보이는지. 그래서 모두 그들을 비난하는지 말이
다. 돈이 부족해 불행함을 느꼈던 이들에게 돈만큼 값진 것은 없
다. 돈은 내게 더 많은 선택권을 주고, 돈은 내게 더 많은 자유를
누릴 수 있도록 돕는다.

부자가 된 것처럼 행동하고 생각하라는 것에는 크게 두 가지 의
미가 내포되어 있다.

첫째, 계속 생각하고 상상하면 나의 무의식이 나를 내가 원하는

곳으로 이끌 수 있기 때문이다. (이 부분은 나폴레온 힐의 『생각하라 그리고 부자가 되어라』에 더 자세히 나와있으니 한 번 읽어볼 것을 권한다.)

둘째, 부자의 입장에서 사고할 수 있다. 사고는 곧 연습이다. 부자가 되는 방법이 1단계에서 5단계까지 있다고 가정해보자. 순차적으로 1단계 → 2단계 → 3단계 → 4단계 → 5단계로 단계별 과정을 거쳐 차근차근 올라갈 수 있으나, 반대로 5단계 목표를 먼저 세운 후 2, 3, 4단계를 5단계에 맞추기 위해 고민하는 법도 있다. 5단계를 생각하고 나머지 단계를 그 틀 안에 넣는 것이 더 괴로운 과정이 될 수 있다. 나를 궁지에 몰아넣어야 할 수도 있지만, 오히려 더 철저한 틀과 계획 안에서 스스로를 관리할 수 있으며 더 빠르게 목표를 향해 돌진하는 방법이 될 수도 있다. 또 하나의 예를 추가로 들자면 내게 존경하는 멘토 혹은 스승이 있다고 가정하자. 우리는 힘든 상황이 닥쳤을 때 더 현명하고 지혜로운 선택을 하기 위해 종종 이런 질문을 스스로에게 던질 수 있다. '만약 이 상황이 OOO(내가 존경하는 멘토 혹은 스승)이었더라면 어떤 선택을 했을까?' 하고 말이다. 마찬가지 원리다. 부자들이 생각하는 생각 회로를 돌려가면서 내 길을 만들어가는 방법이 나를 부자로 만들어주는 지름길일 수 있다.

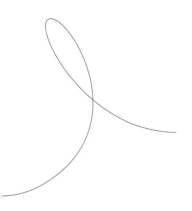

경제는 곧
삶이다

경제학과는 죽어도 가기 싫다는 것은 나의 고집 이었다. 생각해만 해도 섬뜩했다. 경제라니. 어려운 숫자들이 득실 거리고 온갖 계산을 해야 하며 산식이 나를 괴롭힐 것 같았다. 하 지만 지금 보면 그런 숫자와 산식, 산술이 내가 생각하는 경제의 전부는 아니었다.

경제는 사회가 돌아가는 상황이다. 경제를 알지 못하면 돈을 벌 수 없다. 돈은 우리 삶과 밀접한 영향이 있다. 왜 일을 하는가? 돈 을 벌기 위해서다. 돈은 왜 벌어야 하는가? 먹고살기 위해서다. 가 장 기본적인 생활을 영위하기 위해 우리는 돈을 번다. 돈을 쉽게 벌 기 위해 경제를 항상 가깝게 하기를 바란다.

대한민국 경제 시장의 흐름에 대해 고민해 본 적이 있는가? 달걀 값이 올라가는 것에 대해서, 기름값이 올라가는 것에 대해서, 현재 금리에 대해, 주식시장에 대해서는 한 번이라도 관심을 가져본 적이 있는가? 금이나 달러가 재테크 방법의 한 가지라는 것에 대해 알기는 하는가?

솔직히 나는 몰랐다. 주식이 뭔지도, 지수가 뭔지도. 부동산 시장은 나와는 먼 얘기였고, 경제라는 단어는 듣기만 해도 복잡해 보였다. 하지만 막상 사회생활을 시작하고, 돈을 벌어보니 경제를 모르면 쉽게 돈을 벌 수 없더라. 남들보다 내 육체와 시간을 이용해 돈을 벌 수밖에 없다는 것이다. 정말 비효율적인 방법이다.

누구는 블록체인이라는 기술을 일찍 접해 코인으로 대박 났다. 나는 블록체인을 몰랐다. 그 기술에 대해 누군가 이야기해 준 적도 있고, 신문에서 본 적도 있다. 하지만 흘려들었다. 누군가는 기회를 잡을 때 나는 그 기회를 놓친 것이다. 테슬라, 애플, 구글, 아마존 등의 미국 주식이 앞으로 성장할 것이라고 그 기업들에 관해 공부했던 친구는 내가 따라잡지도 못할 만큼 돈을 벌었더라. 아르바이트해서, 장학금으로 번 돈들을 굴린 것이다.

특히, 남자보다는 여자들이 경제를 조금 어렵게 느끼는 것 같다. 여자보다 남자의 이과생 비율이나 공대생 비율이 높은 것만 봐도 그냥 숫자가 많이 나오는 것이 낯설게 느껴지는 여자들이 많은 것이 아닌가 싶다.

경제는 숫자가 아니다. 숫자가 물론 조금 포함되기는 한데, 문제를 푸는 답이 있는 학문이 아니라는 것이다. 경제가 곧 삶이라는 것을 잊지 말라. 우유 한 팩을 사 먹더라도 우유 한 팩의 가격이 경제적 흐름의 영향을 받는다는 생각을 해보면 경제는 학문보다는 내 삶의 생활에 더 가깝지 않을까 싶다.

생활경제에 대한 민감한 반응은 내 삶을 윤택하게 만들어주고, 세상의 변화에 올라탈 수 있는 기회를 줄 것이다.

Chapter5.

20대 여성이여,

취업 전쟁터에 나갈 준비가 되었는가?

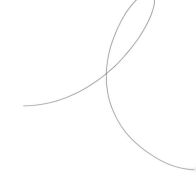

배짱 있는 여자가
선택받는다

　　　　　　기업이 나를 찾지 않는다면 나를 필요로 하는 곳을 내가 내 이력서를 들고 찾아갈 배짱 정도는 만들어 둬라. 그들이 나를 불러주지 않는다면 내가 내 발로 걸어 들어가면 된다. "두드려라. 그러면 열리리라."라는 말도 있지 않은가? 내 길을 만들어가는 것은 내가 하는 것이다.

　학창 시절부터 아나운서가 꿈이었던 나는 24살 졸업반이 되자 초조해지기 시작했다. 포트폴리오 영상을 만들고, 자개소개서를 무수히 써서 제출해도 연락이 오는 곳이 없었다. '나를 알아주는 곳'이 없었고, '나를 필요로 하는 곳'이 없다는 게 이렇게 사람을 무기력하게 만들 줄 몰랐다. 나는 꽤 괜찮은 인재인데 면접 볼 기회조차 주지 않다니…. 하지만 이렇게 좌절하면 시간은 그냥 흐르고 나이는 먹고, 내 공백기는 점점 더 길어질 것이라는 두려움을 갖고 방안을 고민했다. 우선 아나운서가 필요한 곳들을 찾아봤다. 공중파, 케이블 방송사 외의 작은 방송국들은 공채 채용 없이 아나운서 학원에서 추천받아 채용하는 곳이 꽤 있었다. (아나운서 학원에 공지된 '합격생 리스트'에 학원 추천이라는 문구를 발견했다.) 그렇다면 내가 이 학원에 등록하면 나도 추천받을 수 있을까? 이 작은 곳에 추천받기 위해 3~4백만 원을 내고 학원에 등록하는 것이 과연 시간과 비용을 비교했을 때 가장 가치 있는 선택인가? 나는 아니라는 답을 내렸고, 내가 가진 포트폴리오와 이력서를 들고 직접 찾아가 '나라는 사람이 여기 있어요!'라고 외치기로 했다.

그리고 그 자리에서 내가 왜 이곳의 아나운서가 되고 싶은지 써 내려갔고, 내가 갖고 있는 가장 예쁜 옷을 입고, 화장을 하고 점심시간이 끝날 무렵 작은 방송국에 찾아갔다. '똑똑' 심장이 터질 것처럼 뛰었다. '다 나를 보고 비웃으면 어떡하지, 비웃음거리가 되면 어떡하지?'라는 별의별 생각이 들었으나 다시 마음을 다잡았다. 비웃음거리가 되면 어떠랴, 한 번 보고 말 사람들인데.

그러나 다행히 간절한 마음이 통했는지 나는 실제 해당 작은 방송국의 앵커 자리를 따낼 수 있었다. 여담이지만 내가 그곳에 방문했을 때, 마침 정규직 아나운서가 출산휴가에 들어가 잠시 대타를 뛸 아나운서를 뽑고 있었다고 한다. 그리고 그 자리를 내가 꿰찬 것이다. 작은 방송국의 경력이 기반이 된 덕분에 이후 다른 케이블 티비 프로그램 MC, 각종 행사 아나운서, 라디오 DJ 등에도 합격해 경력을 쌓을 수 있었다. 이러한 상황을 보고 혹자는 운이 좋았다고 표현할 수 있겠지만, 내 생각은 다르다. 내가 내 운명을 만든 것이다. 운은 타고나는 것이라는 사람도 있지만, 나는 운을 만들어야 한다고 생각한다.

그대의 두둑한 배짱이 운의 수치를 한 단계 더 상승시켜 준다는 것을 언제나 기억하라.

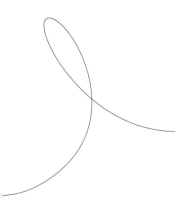

꿈에도
마지노선을 정해라

그대의 꿈은 무엇인가? 꿈이 정해졌다면 그 꿈에 대한 믿음과 확고한 의지를 지녀라. 그리고 늘 상상하라. 그 꿈이 이루어진 것처럼. 끊임없이 생각하고 명확하게 상상하면 이루어질 확률은 더 높다.

나의 꿈은 아나운서였다. 대학에 입학하자마자 아나운서와 관련된 책을 읽고 비싼 학원비를 마련해 학원을 몇 번이나 다녔다. 두세 개의 스터디(카메라 테스트를 위한 스터디, 필기 스터디, 면접 스터디 등)를 꾸려 같은 꿈을 지닌 사람들과 아나운서라는 직업을 위해 노력했고, 아나운서라는 직업을 얻기 위해 그 시절에는 나름대로 최선을 다했다. 카메라 테스트 한 번 잡힌 날이면 의상 대여와 메이크업 예약으로 몇십만 원 아깝지 않게 썼고, 하루 종일 전국 방방곡곡을 누비며 면접을 보고 일을 하러 다녔던 기억도 난다.

하지만 진전은 없었다. 그래서 26살의 나는 스피치 학원을 두드

렸고, 아나운서로서 내가 원하는 위치까지 오르지 못하면 다른 현실적인 직업을 선택하리라고 생각했었다. 그리고 실제 지금은 아나운서가 아닌 다른 직업을 업으로 삼고 있다.

30살 이후에도 번번한 직장에 취업 한 번 해보지 못한 채 늘 꿈만 꾸는 사람들이 참 많다. 공부가 적성에 안 맞음에도 꾸역꾸역 공무원 준비에 열을 올리는 사람도, 30살이 될 때까지 가수가 되기 위해 오디션만 보러 다니는 사람도 있다. 그들의 선택이 틀렸다고 비판하지 않는다. 그들을 비난하지도 않는다. 다만, 꿈에 대한 마지노선을 만들어 놓지 않으면 30살에 내가 이루고 싶은 새로운 꿈을 향해 발을 내디딜 때 훨씬 어려울 수 있음을 미리 말해두고 싶다. 좋아하는 일이 꼭 꿈이 되지 않을 수 있음을 알아채라. 20대, 가장 빛나는 순간 모든 에너지를 쏟아 10년이라는 시간 동안 꾸준히 한 길을 팠음에도 진전이 없다거나 원하는 목표에 도달하지 못했다면 냉정하게 뒤돌아볼 필요가 있다. 과연 내가 지금 하는 일을 계속해서 먹고 살 수 있을지, 이렇게 꿈만 꾸며 현실은 직시하지 못한 것이 우리 가족들에게 짐이 되지는 않을지 말이다.

이상적으로만 꿈꿔 왔던 내 미래가 정답이 아닐 수 있다. 어쩌면, 새롭게 시작하고자 만들게 되는 길이 내 미래의 정답일 수 있다. 정답은 내가 만드는 것이기에 지금 하고 있는 일이 잘 안 된다고 쉽게 낙담하지 말라. 앞으로는 더 잘 될 것이라는 근거 없는 자신감으로 무장하지도 말라. 마지노선을 정하고, 그 기간까지는 죽도록 최선을 다해, 모든 것을 바쳐 몰입하라. 딱 내가 정해놓은 마지노선까지만. 마지막까지 뛰었건만 다다르지 못했다면 잠시 꿈을 내려놔라. 다른 대안책을 찾아라. 빠를수록 좋다. 생각보다 욕심을 내려놓으면 눈만 살짝 돌려도 내가 할 수 있는 일이 세상에 많다는 것을 깨닫게 될 것이다. 이왕이면 기존에 본인이 하던 일과 조금이라도 연관되어 있으면 더 좋다. (본래의 꿈을 위해 열심히 달렸다면 어딘가에는 분명 써먹을 만한 본인만의 특기가 되어 있을지도 모른다.) 꿈을 이루지 못한 것이 너무 아쉬워 잠이 안 온다면 대안으로 찾은 일에서 돈을 벌고 남은 자투리 시간에 다시 꿈을 위해 쓰면 된다. 생각보다 돈의 힘을 어마어마하다. 돈은 자본주의 사회에서 곧 권력이요, 힘이다. 제대로 된 소속감, 소득, 경험 없이 나이만 먹었다고 한탄하는 삶이 더 불안하고 불안정하다. 늘 똑같은 것에 도전하는 것도 멋있지만, 새로운 것에 도전하는 것에는 더 큰 용기가 필요하다는 것을 모두 알고 있다. 돈을 벌 수 있는 일, 의식주를 해결할 수 있는 일, 내 몸 하나는 내가 건사할 수 있는 소득을 먼저 만들어라. 27살이든, 28살이든, 30살이든 자신이 정해 놓은 마지노선까지 달리고, 안 되면 쿨 하게 포기할 줄 아는 결단력을 발휘하기를 바란다.

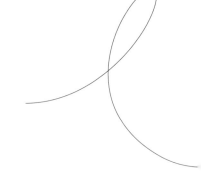

꼭 대기업에서
시작하지 않아도 된다

"노예가 되더라도 양반집 노예가 되자."

우스갯소리지만 뼈 있는 농담이다.

대기업에 가려는 이유는 간단하다. 월급, 복지, 회사가 주는 자랑스러운 명함. 물론 해외 지사에 발령이 나거나 자격증비를 지원해 줄 정도의 더 좋은 환경이 바탕이 된다는 것도 알고 있다. 그렇기 때문에 대기업에 시작하는 것. 물론 훌륭하다. 하지만 안 되는 것을 꾸역꾸역 붙잡고 매번 탈락의 고비를 맛보며 자존감을 떨어뜨리느니 용의 꼬리가 아닌 뱀의 머리가 되어 나의 가치를 먼저 올려보는 것도 괜찮은 방법이다.

연봉 3,000만 원에서 5,000만 원 주는 대기업을 가기 위해 몇 년의 노고를 겪으며 시간을 낭비하기보다는 3,000만 원인 중소기업에 취업해 본인의 경력을 쌓다가 점차 몸값을 높여 6,000만 원인 직장으로 이직하는 것이 빠를 수 있다. 또 연봉 3,000만 원이 연봉 5,000만 원인 사람과 비교해 실제 통장에 입금되는 금액(세금 떼고

들어오는 금액)을 봤을 때 큰 차이가 나지도 않는다. 오히려 남들보다 일찍 사회에 발을 들여 경험을 쌓고, 사람 상대하는 법을 배우며 돈을 모아 투자를 하는 것이 돈을 더 빨리 벌고, 일찍 본인이 하고자 하는 목표에 도달할 수 있는 길이 될 수도 있다.

실제 대기업에 입사한 후에도 본인의 적성에 맞지 않거나 사람들과 융합되기 힘들어 퇴사하는 경우가 많다. 유튜브만 봐도 '대기업에서 퇴사한 백수'에 대한 내용이 넘쳐나지 않는가? 물론 대기업 좋다. 입사해 큰 기업이 돌아가는 시스템을 배우고 많은 능력 있는 사람들을 만나 네트워크를 형성할 좋은 기회이긴 하나, 대기업이 꼭 답이라고 생각하는 사람들이 있다면 생각을 바꿔보라고 조언해 주고 싶다. 기업도 기업 나름이고, 입사해서 본인이 어떻게 인생 계획을 짜느냐가 어떤 기업에 들어갔느냐보다 훨씬 더 중요한 시대다. 능력이 없으면 가차 없이 내쳐질 수 있고, 능력 있으면 더 좋은 곳에서 제안을 받는 사회다. 본인의 능력과 위치를 스스로 점검하고 시간이 오래 걸릴 것 같거나 계속해서 기회가 주어지지 않는다면 낙심하지 말고 우선 작은 기업이라도 들어가라. 그곳에서 열심히 배우고 내 가치를 높여 나가다 보면 언제 어디에서인가 나를 찾는 곳이 생길 것이다.

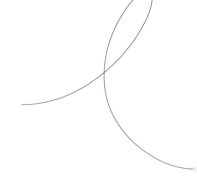

면접,
나를 포장하는 방법

　　　　'면접 보는 게 세상에서 제일 쉬웠어요.'라고 말하는 사람은 거의 없을 것이다. 취업을 하기 위해, 하다못해 아르바이트를 하기 위해서라도 면접은 꼭 한 번 거쳐야 하는 관문이다. 그렇다면 그대는 면접에 얼마나 준비되어 있는 사람인가?

　면접에 자신이 없는 사람이라면 면접을 준비하는 과정은 간단하다. 우선, 앞서 언급한 「chapter 1」의 내용처럼 '나는 어떤 사람인가?'에 대해 먼저 고민해 보는 것은 기본이 되어야 한다.

　기본적인 고민이 끝났다면 첫 번째로 스스로 외향적인 사람인가 혹은 내향적인 사람인가에 대한 질문을 던져보라. 또 내 이미지는 어떤 이미지인지 스스로에게 물어라. 귀여운가, 어른스러운가? 도도해 보이는가? 매사에 진지해 보이는가? 목소리 톤이 높은가 아니면 낮은가, 말투는 정돈되어 있나 아닌가, 낯을 가리지는 않는가 등. 만약 스스로 정확하게 답이 내려지지 않는다면 주변 사람들에게 내 이미지에 대한 조언을 구해라. 가까운 사람에서부터 가끔 보는 사람에게도 본인 모습의 있는 그대로 얘기해 주기를 요청해라. 면접은 진짜 있는 나의 그대로를 보여주는 것이 아니라 내가 사람들에게 보이는 모습을 먼저 파악한 후 전략을 짜서 가장 단시간에 가장 보여주고 싶은 모습만 보여주는 싸움이라고 생각하면 된다.

사람들에게 보이는 내 이미지가 파악됐다면 선택해라. 그 이미지로 밀고 나갈 것인지 아니면 그 이미지가 아닌 다른 이미지를 준비해서 보여줄 것인지. 만약 사람들이 나를 차갑게 보인다고 한다면 면접 때는 그 차가움을 조금 뺄 필요가 있다. 더 친절한 말투와 웃음기를 꾸준히 연습해 면접이 진행되는 동안은 그 페이스를 유지해라. 차갑고 도도해 보이는 이미지라면 정장을 고를 때나 블라우스, 구두를 선택할 때도 둥근 모형이 들어간 옷을 택할 것을 권한다. 의상 색을 선택할 수 있다면 차가운 계열보다는 봄 컬러를 추천한다. 반면에 어린아이 같은, 철없는, 귀여운 이미지가 강한 사람이라면 귀여움과 가벼움은 조금 내려놓고 진중한 목소리와 단호한 어투, 진지한 눈빛을 연습하는 것이 중요하다. 첫인상(면접관이 나를 파악하는 가장 기본적인 외형적 모습)에 대한 고민 없이, 준비한 답만 달달 외워가는 사람은 첫인상에서 그리 좋은 평가를 받지 못할 수 있다. 자신을 180도 변화시키라는 뜻이 아니다. 단점이 있다면 그 단점을 보완할 최소한의 준비는 갖추고 면접장에 들어가라는 것이다.

서바이벌 오디션 프로그램을 보고 있노라면 신기한 인물들이 종종 있다. 잘생기지도 예쁘지도 않고, 몸매가 좋지도 않고, 심지어 조금 어리숙해 보이는 면이 있기도 한데, 괜스레 눈길이 가는 사람들이다. 심사자들은 대개 이런 사람들에게 이런 멘트를 날린다. "어딘가 모르게 매력이 있어요." 그리고 그 매력은 심사자들뿐만 아니라 대부분이 느끼고 있다. 면접에 대한 답변을 준비할 때 너무 과한 포장이나 액션, 본인 경험에 대한 사실적 나열들은 본인의 매력을 떨어뜨린다. 면접 답변을 구성할 때 5줄 정도의 답변이 만들어진다면 경험은 한 줄로 하고, 나머지는 그로 인해 본인이 솔직하게 느끼고 경험한 바를 설명해 주는 것이 좋다. 그리고 이 경험이 앞으로 당사에 어떤 영향을 끼칠 것인지는 덤으로 한 줄 더 어필하라.

만약 말하는 것에 익숙하지 않은 사람이라면 해당 회사의 예상 질문 리스트를 쭉 뽑고 아무 준비가 안 된 상태에서 카메라를 켜놓고 스스로 그 질문 답변을 해봐라. 나만 볼 영상이니 창피해 하지 말고, 갑자기 면접 상황이 닥쳤다고 생각한 후 시뮬레이션 해보는 것이다. 그리고 낯간지럽고, 창피하고, 도저히 영상을 볼 수 없을 만큼 퀄리티가 낮더라도 그 영상을 꼼꼼하게 분석해라. 본인이 말했던 그대로를 받아 적어라. 아마 본인이 생각했던 것보다 본인의 모습은 더 엉망진창에 마치 국어를 배우지 않은 사람처럼 주어와 서술어는 하나도 안 맞고, 무슨 말인지 본인조차 못 알아들을 확률이 높다. 괜찮다. 실제 면접이 아닌 나 혼자 보는 간이 면접이니까. 그 누구에게 보여주기 전 스스로 가장 부족한 모습을 먼저 보고 고칠 수 있는 기회가 있다는 것이 얼마나 큰 행운인가? 본인이 말했던 그대로를 받아 적은 후 이번에는 반대로 예상 질문에 머릿속에 복잡해 제대로 정리하지 못한 말들을 글로서 차근차근 정리해서 다시 읽어보고 외워라. 처음보다는 본인의 상태가 많이 개선되었음을 느끼게 될 것이다.

그렇다고 면접장에서 본인이 외운 글을 줄줄이 읽어 내려가면 안된다. 면접관이 A를 질문 했는데 B를 대답하는 사람들이 생각보다 많다. B라는 답변을 열심히 준비했기에 나온 불상사다. 그런 사람들을 보고 있노라면 꼭 로봇을 보는 것만 같다. 아무리 열심히 준비한 완벽한 문장일지라도 면접장에서는 0점짜리 답변이다. 달달 외우고 연습한 문장들을 면접장에서는 머릿속에서 지워버려라. 그리고 면접관과 대화해라.

내 옆의 지원자가 얼마나 많은 경험과 경력을 지니고 있고, 똑똑한 사람이고, 말을 잘하는 사람인지는 중요하지 않다. 나와 면접관의 대화에만 집중하고, 면접관이 나에게 궁금한 것을 나는 솔직하게 답변하면 된다. 가장 나에게 잘 어울리는 이미지와 답변을 만들고 거기에 약간의 솔직함만 넣으면 담백한 답변이 된다. 다만, 너무 강한 자신감은 독이 될 수 있고, 너무 강한 겸손함도 독이 될 수 있음은 명시해라.

면접, 나를 가장 매력적이게 포장한 만큼 승률은 올라간다.

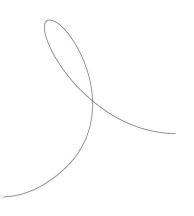

회사가 주는 명함이
나라고 착각하지 말아라

화려한 사각형의 작은 종이 안에 내 이름 석 자가 적혀있는 것을 처음 본 그 순간, 참 짜릿하다. 회사에 대한 소속감이 마구 느껴지며 마치 이 회사가 내 것이 된 것마냥 자랑스러워진다. 더군다나 내가 목표하던 회사에 입사하게 되면 이 한 몸 불살라서라도 회사에 희생하고 싶어질 수도 있다. 하지만 그 감동을 오래 가져가진 말아라. 그 회사는 언제든지 너에게서 그 명함을 빼앗을 수 있으니 말이다.

잠깐 그 명함을 내려놓고 상상해 보기를 바란다. 회사가 내 명함을 빼앗아간 순간을. 먼 미래가 될 수도 있지만, 머지않은 미래가 될 수도 있다. 어느 날 출근하니 내 책상과 서랍은 깨끗하게 비워졌고 무방비 상태로 해고 통지를 받아 명함을 빼앗길 수 있다. 육아휴직을 다녀오니 내 자리가 없어질 수도 있고, 갑자기 직장 상사와 문제가 생겨 괴로운 마음을 이기지 못해 퇴직을 선택해야 하는 순간이 찾아올 수도 있다. 또, 회사 자체가 없어진다는 생각은 해본 적이 없는가? 하루아침에 부도가 나 직원의 월급조차 제대로 주지 못한 채 파산하는 회사들도 많다. 이런 경우 회사에서 준 명함은 내게 아무짝에 쓸모없는 쓰레기가 되어버린다. 아무 대비책이 없다면 이런 곤란에 처한 상황에서 나는 말 그대로 혈혈단신이 되는 것이다. 나이가 좀 적거나 경력이라도 어느 정도 쌓아놓은 상황이라면, 모아놓은 목돈이 이직할 때까지는 넉넉하게 있는 편이라면 그나마 다행 중 다행이다. 이직 준비라도 할 수 있으니 말이다. 하지만 그때마저 마음은 불편할 것이다.

회사가 나를 평생 책임져주지 않는다는 사실을 빨리 깨닫기를 바란다. 물론 내게 꼬박꼬박 돈을 주는 회사에는 나 또한 감사하다. 냉장고에 다음 주에 먹을 과일을 채워넣을 수 있고, 하겐다즈 아이스크림(제일 작은 사이즈) 정도는 고민하지 않고 사 먹을 수 있음에, 부모님 생신에 그럴듯해 보이는 식당을 예약할 수 있음에도 감사한다. 그러나 감사함은 감사함, 딱 거기서 끝이다. 그 회사에 명함을 떼고 사회에 나왔을 때도 내 이름 석 자로 먹고살 만큼의 능력은 꾸준히 만들어야 한다. 치열하게, 열심히 일하되 이 회사가 나의 마지막 종착역인 것마냥 안도하진 말아라.

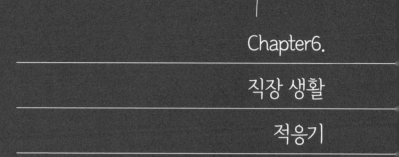

Chapter6.

직장 생활

적응기

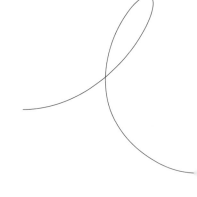

보이지 않는
유리 천장을 깨라

"지금 시대가 어느 시대인데 남, 여 차별이 존재해?"

직장이라는 조직에 들어가기 전 내가 늘 내뱉었던 말이다. 나는 늘 당당하고 자신감 있었다. 마음만 먹으면 남/여를 떠나 회사에서 경쟁할 수 있다고 믿었으며, 나의 노력을 통해 경쟁에서 이길 수 있다고 믿었다. 하지만 막상 입사 후 조직에서 나의 위치를 찾고 도전하다 보니 보이지 않는 유리 천장은 아직 존재하더라. 그리고 그것을 깨기 위해서는 마음먹고 독해져야만 했다.

세상이 변하고 이 책을 읽고 있을 20대들이 MZ 세대들이겠지만, 그래도 여전히 직장 생활을 하다 보면 '남자니까' 혹은 '여자니까'가 존재한다. 여기서 더해 결혼이라도 하면 여자는 잠재적 육아휴직자가 된다. 잠재적 육아휴직자가 되면 어떤 일이 벌어지는지 아는가? 곧 휴직에 들어갈 사람이기에 오랫동안 배워야 하는 업무나 야근이 많거나 업무 강도가 센 일들에는 배제시키는 경우가 많다. 나의 의지와 상관없이, 나의 의견과는 상관없이 자동으로 자연스럽게 경쟁자들 사이에서 탈락하는 것이다. 군대를 안 다녀왔기 때문에 수직적이고 군대식 문화가 존재하는 부서에 적응하지 못할 거라고 판단해 여성을 선호하지 않는 팀도 있다. 이 얼마나 억울한 일인가?

물론, 육아휴직 대상자이기 때문에, 임신을 했기 때문에, 어린 자녀가 있기 때문에 조직에서 배려해 준다는 식의 생각을 할 수도 있다. 하지만 배려와 배제는 다르다. 상황이 닥쳤을 때 본인의 의사를 묻고, 해당 업무를 수행할 수 있도록 해주며 그 안에서 배려가 이루어지면 좋으련만 시작조차 하지 못하고 배제되는 상황에서는 좌절감이 앞설 수밖에 없다.

내가 하고 싶은 일에 대해서 배제되지 않으려면 직장에서 꾸준히 스스로 빛나야 한다. '나라는 사람이 여기 있어요! 여자가 아닌 이 조직에 소속된, 야망을 가진 직원으로요!'라고 스스로 빛을 내서 존재를 적극적으로 알리지 않으면 하고 싶은 일 한 번 해보지 못하고 1년에 12번 월급 들어오는 것에 감사하며 경쟁에서는 자꾸 밀려나는 도태된 직원이 될 수밖에 없다.

치열한 경쟁구도 속에서 야망을 가져라. 더 높이 더 빨리 올라갈 수 있다고 믿고 스스로 계속 불빛을 내고 있어라. 남들보다 빨리 자격증을 많이 취득하는 것이 될 수도 있고, 남들이 기피하는 일에 먼저 손을 번쩍 들고 나서는 모습을 보여줄 수도 있다. 회사 내에서 이루어지는 업무 외의 활동에 적극적으로 나선다든가 아니면 회식자리에 끝까지 살아남아서 본인의 존재를 알리는 사람이 될 수도 있다. 야망을 표출하는 방법은 다양하다. 어떤 표출 방식이 나에게 가장 적합하고 잘할 수 있는지 빨리 판단을 내리고 적극적으로 실행에 옮겨라.

보이지 않는 유리 천장을 깰 수 있는 사람은 오로지 나밖에 없더라.

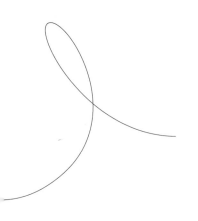

'워라벨?' 중요하다. '회사가 나를 책임져 주지 않는다?' 맞는 말이다. 그럼에도 불구하고 나는 조직에서 인정받기 위해 노력하라고 말하고 싶다. 왜냐? 그것은 나의 자존감과 자신감의 문제이기 때문이다. 그리고 자존감과 자신감은 곧 내 삶을 대하는 나의 태도와 직결된다.

1년 중 대부분의 시간을 우리는 회사에서 보낸다. 일주일 7일 중 5일. 하루 24시간 중 9시간 이상. 그중 2~3시간 정도는 출퇴근 혹은 출퇴근 준비를 위해 사용한다. 잠자는 시간을 빼면 사실상 내 삶의 대부분이 직장과 연결되어 있다고 생각하면 된다. 어차피 보내야 하는 가장 많은 시간. 인정받으면 내 자존감도 그만큼 올라간다. 자신감은 덤이다.

이왕이면 내가 오랜 시간을 버텨야 하는 공간에서 인정받으면 좋지 않은가? 그리고 이왕이면 오랜 시간 버텨야 하는 공간에서 즐

겹게 있으면 좋지 않은가? 아무리 승진이나 직급에 관심이 없는 사람이라 할지라도, 내 동기가 나보다 앞서가고 똑같은 시간을 조직을 위해 희생했는데 내 옆 직원이 월급을 더 많이 받으면 사람이기에 당연히 기분이 좋지 않을 수밖에 없다. 무기력해진 기분은 곧 내 삶에도 영향을 주고, 이는 곧 내 가족과 내 주변 지인들에게도 영향을 미친다. 그러면 곧 그 무기력감과 낮은 자존감이 내 인생이 된다. 부정적 패턴이 계속 반복되고, 그것이 나의 과거를 만드는 것이다. 이왕 있어야 할 시간이라면 그곳에서 내가 잘하는 것을 찾고 인정받기를 바란다. 회사를 위해 희생하고, 회사의 성공이 곧 나의 성공이라고 착각하며 헌신하라는 것이 아니다. 열심히 일하는 것, 인정받는 것은 곧이 '나'를 위한 것이라고 생각하라. 그곳이 어느 곳이건, '인정'은 기분 좋은 일이다. 이왕이면 내가 오랜 시간 보내야 하는 곳에서의 '인정'은 나를 발전시킬 것이다.

　평범한 사람은 똑똑한 사람을 이길 수 없고, 똑똑한 사람은 열심히 하는 사람을 이길 수 없으며, 열심히 하는 사람은 즐기는 사람을 이길 수 없다. 인정받아야 즐길 수 있음을 잊지 말아라.

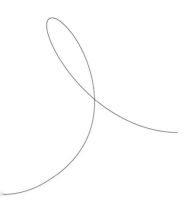

이 일을 잘하는 사람은
결국 저 일도 잘하더라

'이 직무는 나랑 맞지 않아서 성과가 잘 안 나는 것 같아', '나는 여기서 더 배울 게 없어서 지루해.'라고 말하는 직원들이 종종 있다. A 팀이 나랑 더 맞는데 B 팀에 속해있는 것이 본인이 성과를 내지 못하는 이유라는 것이다. 물론 본인과 더 잘 맞는 팀에 속해 직무를 수행하게 되면 더 큰 성과를 낼 수 있을 것이다. 더불어 각 직원에게 맞는 팀에 배치시켜 성과를 내도록 하는 것이 인사팀의 역할이기도 하며, 우리가 조직에 바라는 점이기도 하다. 하지만 20년 넘게 인생을 살아봐서 알겠지만, 직장 생활 및 인생이 뜻처럼 굴러가지 않는다. 설사 내 바람처럼 잘 흘러간다 치더라도 언젠가 한 번쯤은 원치 않는 상황에 직면할 수도 있다. 그럴 때는 불평, 불만을 늘어놓기 전에 긍정적인 마음을 갖고 지금 내게 주어진 업무에서 최고의 성공을 거둬보겠다는 야망을 품어보는 것은 어떤가? 직장 생활을 하다 보니 일을 정말 잘하는 사람, 큰일을 믿고 맡길 수 있는 사람은 어떤 일이 주어지든 그것을 성공시키더라.

나랑 맞지 않는다고 여기면 불행하다. 맞지 않기 때문에 일을 잘못 하겠다고 생각하면 하기 싫어진다. 성과는 더 안 나오고 성과가 안 나오면 인정받지 못하고, 인정받지 못하면 출근하기 싫어진다. 그래도 어쩔 수 없이 돈을 벌어야 하니 출근은 하게 되고, 인생에 대한 불평, 불만은 더 커지게 되더라.

불행의 구렁텅이에 스스로를 밀어넣지 말아라. 냉정하게 평가해 본인이 맡은 업무가 본인과 맞지 않아 성과를 내지 못한다는 것은 핑계일 뿐이다. 조직은 당신의 능력을 최대한 고려해 항상 당신에게 딱 맞는 일만 줄 만큼 배려 깊은 곳이 아니다. 오히려 본인에게 어떤 일이 주어져도 본인은 잘해낼 수 있다는 믿음으로 주어진 프로젝트 혹은 영업에 성과를 내는 모습을 보여주어야 한다. 본인이 정말 능력이 있다고 믿는다면 말이다. 그러면 조직은 당신에게 더 좋은 급여와 당신에게 더 적합한 자리를 마련해 줄 것이다. 당신은 더 나은 기회를 잡을 수도 있다. 조직의 입장에서, 그리고 직장 생활을 하며 다양한 사람을 경험한 입장에서, 정말 일을 잘하는 사람은 어떤 일이 주어져도 평균이상의 성과를 내고, 어떤 팀에서 어떤 일을 하든 훌륭한 결과를 이끌어내더라.

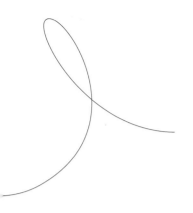

실수는
빨리 인정해라

실수를 하지 않는 사람은 없다. 몰라서 실수를 저지를 수도 있고, 꼼꼼하게 챙기지 못해 실수를 저지를 수도 있다. 실수는 누구나 한다. 실수한 자신에게 너무 냉혹해지지 말아라. 실수를 하지 않기 위해 노력하면 된다. 더불어 여기서 더 중요한 점은 실수라는 것을 빨리 인지하고 인정하는 것도 본인의 능력이다.

간혹 실수를 또 다른 실수로 덮으려는 사람들이 있다. 물론 아무도 모르게 잘 넘어간다면 스스로에게 찝찝함만 남기도 끝나는 것이지만, 실제로는 그렇지 않다. 작은 실수든, 큰 실수든 언젠가는 탄로나기 마련이다. 조직은 매우 촘촘하고 섬세하게 얽혀있기 때문에 1인 기업이 아닌 이상 언젠가는 그 문제가 발견될 수밖에 없다. 따라서 본인의 실수로 작은 문제가 생겼다면 빨리 이실직고하는 것이 좋다. 그것을 일찍 발견한 것도 본인의 능력이다.

성과를 잘 내기로 소문난, 매사에 자신감이 넘치는 A라는 선배가 있었다. 성과는 좋을지언정 동료들에게 평판은 좋지 않았다. 당장 좋은 성과를 냈지만 그 성과를 내는 과정에서 다양한 실수들을 저지르고 그 실수를 혼자 덮으려고 온갖 술수를 써, 결과적으로 그 실수를 해결하는 데 모든 동료가 뒷감당을 했다는 것이 동료들의 주장이었다. 조금 더 빨리 실수를 인정하고 함께 나누었더라면 그 실수를 먼저 겪어본 선배들이 조언을 해주고 해결 방법을 알려주었을 텐데, 순간의 부끄러움과 자존심이 그것을 허락하지 않았던 것이다. 내가 실제로 그 선배와 함께 일했을 때도, 그 선배의 업무 처리 방법은 배우고 싶지 않았다. 후배인 내가 봤을 때도 '저렇게 저 문제를 해결해도 되나?' 하는 부분들이 많았고, 나중에 문제가 발생했을 때도 뒤에서는 모두 그 선배를 의심했기 때문이다. 지금 당장의 성과를 위해 저지른 사소한 행동들이 결국 실수를 만들어냈고, 그 실수가 그 사람의 이미지를 만들어낸 것이다.

직장에서의 문제는 일종의 폭탄 던지기와 같다. 내가 빠르게 실수를 인지하고 이것을 직장 동료 혹은 상사 등 누군가에게 문제를 언급하면 이것은 모두의 문제가 되어버린다. 모두의 문제가 됐을 때 일은 더 쉽게 풀리고, 더 높이 올라가지 않은 채 해결될 수 있다. 하지만 이것을 꽁꽁 싸매고 혼자 쥐고 있으려는 순간 작은 실수 하나가 나 혼자 짊어지게 되는 시한폭탄이 될 수 있다.

실수를 정직하게 고백했을 때 간단하게 용서받을 수 있는 일이, 고백하지 않은 채 나중에 들통나게 되면 그것을 만회하기 위해서는 더 큰 시간과 노력, 경제적 비용이 발생하고, 그 신뢰를 회복하기 위해 어마어마한 고통이 뒤따른다.

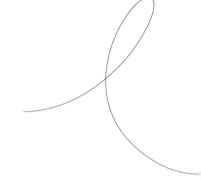

무례함과 솔직함의
한 끗 차이

선배 B는 늘 이렇게 말했다. '나는 부당한 것에 대해 늘 당당하게 이야기하지', '나는 늘 솔직하게 얘기해. 거짓말은 못 하는 성격이지. 잘못된 건 잘못된 거야.'라고 말이다. 그리고 그 선배는 본인이 정의의 사도이자 투명하고 부정부패 근절에 앞장서는 것처럼 이야기하고 다녔다. 하지만 실상, 주변 사람들이 그녀에 대한 평가는 달랐다. 함께 일하기 힘든 사람, 늘 문제를 일으키는 사람, 곤란한 상황을 만드는 사람, 늘 제멋대로인 사람이었다. 후배인 내가 보기에도 그 선배는 무례함과 솔직함에 대해 구별을 잘하지 못하는 것처럼 보였다. 나 또한 그 선배의 말로 기분이 상했던 기억이 나 함께 일하고 싶은 동료는 아니었다.

그 선배는 본인의 업무 시간이 끝나면 상사의 지시나 주요 거래처의 요청 업무를 들어주지 않았다. 상황에 따라 거래처의 편의를 봐줘야 하는 순간에도 규정에 맞지 않는다며 딱 잘라 거절했고, 직장 상사의 실수나 부족한 지식이 있으면 그 부분을 지적하며 따박따박

사례와 규정을 거들먹거리며 반박하기 일쑤였다. 일정량 이상의 일이 주어지면 옆 직원의 사정, 팀의 분위기야 어떻든 '나는 일이 많이 더 이상 일을 받을 수 없다'며 거절했다. 하나에 꽂히면 다른 업무는 하지 못했고, 그 일을 해결하고 나면 세상에서 가장 힘든 일은 본인이 해결한 것처럼 티를 냈다. 똑똑한 선배일지언정 자만심에 찬 사람이라는 생각이 들었고, 많은 지식이 있는 사람일지언정 함께 일하고 싶지는 않았다. 본인이 내뱉는 무례한 말들을 솔직함이라고 가장하며 본인이 매우 쿨 하고 시원시원하며 뒤끝 없는 직원인 양, 능력 있는 직원인 양 행동했다. 후배인 내가 이런 부분을 느꼈을 텐데 위에서 보기에는 오죽했으랴. 또 자존심 때문인지 본인의 실수는 잘 인정하지 않았고, 본인의 지각은 그냥 넘어가는 일이었으며 후배의 지각은 용납할 수 없는 일이었다.

그 선배를 보면 참 안타까웠다. 생각과 행동을 조금만 바꾸면 능력이 있어 인정받고, 모두가 좋아할 만한 동료였을 텐데 말이다.

무례함과 솔직함은 엄연히 다르다. 무례함은 적군을 만들고, 솔직함은 아군을 만들 수 있다. 솔직해도 정중할 수 있고, 사회에서도 하고 싶은 말을 다 하더라도 상대방의 기분이 나쁘지 않게, 예의 있게 전달하는 방법이 있다. 모두가 보는 앞에서 상대의 잘못을 꼬집는 것이 아니라 점심시간이나 간단히 커피라도 한잔하면서 요즘 힘든 일은 없는지 자연스럽게 대화를 풀어나가며 본인이 기분 나빴던 일이나 부당한 지시에 대해 거절할 수도 있는 것이다. 아무리 후배더라도 직장에서 만난 동료로서 상대를 무시하는 발언을 하는 것은 무례한 일이며, 상사의 부족한 부분에 대해 꼬집어내며 지적하듯 말하는 것도 무례한 일이다.

이 선배 한 명만의 이야기는 아니다. 직장 생활을 하다 보면 이와 비슷한 유형의 사람들이 꽤 있다. 무례함은 직장에서 나를 고립시키는 방법 중 하나다. 하지만 정중한 솔직함은 나를 지키는 방법이 될 수 있음을 구분하기를 바란다.

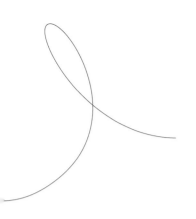

내가 보기에 예쁜 후배는
남들 눈에도 예쁘다

늘 우울한 사람, 늘 화가 나있는 사람보다 밝은
사람에게 끌린다. 인사를 하기는커녕 잘 받아주지 않는 사람보다
인사를 먼저 건네주는 사람에게 고맙다. 부정적인 답변과 단답을
하는 사람보다 긍정적인 맞장구를 쳐주는 사람에게 통하는 마음이
든다. 자기 것만 먼저 챙기는 사람보다 남의 것을 먼저 챙길 줄 아
는 싹싹함 같은 기본적인 것들만 지켜도 중간 이상의, 무난한 동료
가 될 수 있다.

예쁜 후배, 친해지고 싶은 동료가 되면 직장 생활이 조금 더 편해
진다. 일에 대한 능력은 둘째치고 몇 가지 덕목만 잊지 않아도 무난
한 사회생활을 유지할 수 있다.

우울한 사람보다 밝은 사람이 되어라. 월요병이라는 말이 있을 만
큼 월요일은 누구에게나 힘든 요일이다. 아침마다 우울한 얼굴로 자
판을 두드리며 일을 하는 사람이 있는가 하면 밝은 목소리로 주말

에 했던 일, 다양한 사건들로 우중충한 분위기를 풀어주는 사람이 있다. 항상 밝고 씩씩한 동료에게는 나 또한 긍정 에너지를 받지만, 우울하고 화가 나있는 동료에게는 괜히 가서 말 걸기가 싫어진다. 안 그래도 힘든 회사 생활에 부정적인 기운만 얻어 기운이 빠질 것 같은 기분이 들기 때문에 본능적으로 그 사람은 피하게 된다.

다른 팀이라는 이유로 같은 층에서 근무하지만 인사를 잘 하지 않는 후배가 있는 반면, 잘 모르지만 얼굴만 몇 번 봤다는 이유로 늘 밝게 인사하는 후배가 있다. 수다스럽게 먼저 다가가 이것저것 사생활을 캐라는 것이 아니다. 밝은 목소리로 웃으며 인사를 건네면 '안녕하세요.' 다섯 글자로 5점은 먹고 들어갈 수 있는 것이다. 수줍음이 많아서 혹은 굳이 내 팀이 아닌데 인사를 건네야 할 이유를 찾지 못할지라도 딱 다섯 글자만 용기 내 인사해 보라. 당신에 대한 평가가 달라질 수 있으니 말이다.

'오늘은 회가 먹고 싶은데 어떤가?'라는 질문에 '아, 좋습니다. 저도 오늘 마침 회가 딱 땡겼어요!'라는 A 후배와 '저는 회를 잘 못 먹습니다.'라고 답하는 B 후배가 있다고 가정해 보자. 누가 더 함께 식사하고 싶은 후배가 될까? 또, '내가 주말에 드라마를 봤는데 재미있더라고.'라는 이야기에 설사 그 드라마를 보지 못했더라도 후배 A는 '맞습니다. 요즘 그 드라마 인기가 많더라고요!'라고 답했으며,

후배 B는 '저는 드라마에 관심이 없습니다.'라고 답했다고 가정해 보자. 누구와 더 이야기를 이어가고 싶을까? 맞장구를 쳐주는 사람에게 자동으로 마음이 끌릴 수밖에 없다. 솔직함이 미덕이라지만 맞장구를 생존의 기술이다. 상대의 비위를 맞춰주는 요란한 과장된 리액션은 거부감을 불러일으킬 수 있다. 하지만 적절한 리액션과 맞장구, 공감의 단어들을 나를 더 돋보이게 할 수 있는 기술이다.

어느 날 일찍 출근했더니 동료 C가 팀장님 자리에 블루레몬에이드를 사다놓은 것을 보았다. 속으로 '이 추운 날 블루레몬에이드는 왜 사 왔지?' 하고 말았다. 알고 보니 팀장님은 회식한 다음 날이면 출근 후 늘 블루레몬에이드를 마셨다고 한다. C는 그 점을 캐치하고 회식이 있다고 한 다음 날 일찍 음료를 사다놓고 팀장님께 드린 것이다. 같은 팀원임에도 나는 놓쳤던 부분을 C는 눈여겨봤던 것이다. 팀장 입장에서 과연 누가 더 눈길이 갔을까?

비슷한 예시가 또 있다. 사회생활 잘하기로 소문난 D라는 선배가 있었다. 회의 시간 전 커피를 주문하는 자리였다. D 선배가 주문을 받으며 부장님에게 "아이스 아메리카노 맞으시죠?"라고 묻는 것이다. 부장님은 그렇다고 답했다. 이어 D 선배는 부장님에게 "우리 부장님은 늘 아이스 아메리카노만 마시잖아요."라고 한마디 더 붙이더라. 나 같으면 다른 사람들과 똑같이 "뭐 드시겠어요?"라고 물었을 텐데, 부장님이 늘 아이스 아메리카노를 선택하는 것도 신경 쓰지 않았을 텐데, 그 한마디 덧붙여 부장님에게 주목을 받는 D 선배의 모습에서 흠칫 놀랐던 기억이 난다.

싹싹함이라고 해야 할까. 센스라고 해야 할까? 명칭이야 어찌 되었든 상사에게 예쁨 받는 것처럼 보임에는 분명했다. 나 또한 직장인 5년 차가 된 지금, 항상 따뜻한 바닐라 라테를 마시는 내게 말없이 따뜻한 바닐라 라테를 사다 주는 후배와 자리에 없어 아이스 아메리카노를 사 왔다는 후배가 다르게 보이니 말이다. 타고난 싹싹함과 센스가 없다면 노력으로라도 만들어보자. 분명 도움이 될 것이다.

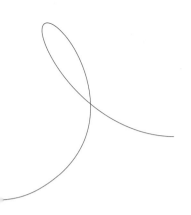

집안 환경이 어려움에도 서울대에 입학했다 다시 30대에 다시 수능을 봐 의사가 된 친척 언니에게 물은 적이 있다. "언니, 공부 어떻게 해야 해?" 그 언니의 답은 단순했다.

"그냥 하면 돼. 아무 생각 없이."

스트레스 받고 때려치우고 싶을 때가 한두 번이 아니다. 직장 생활을 하다 보면 매일 반복되는 업무에 출근도 지겹고 일도 싫을 때가 있다. 권태감이 느껴지며 괜히 다른 일을 하고 싶고 이직이라도 생각해 볼까, 사업이라도 시작해 볼까 고민이 된다. 그런 상황이 온다면 이렇게 얘기하고 싶다. '일단 그냥 계속해.'라고. 목표한 돈을 모으지 못했거나 이보다 좋은 조건의 직장을 구할 수 없다면 일단 버텨라. 여기를 나가도 별수 없다는 것을 잘 알고 있지 않은가? 확고한 목표와 확실한 방향성, 지금 당장 이 일을 그만둬도 먹고살 만한 현금 흐름을 만들어놓지 않은 이상 일단 버티라는 것이다. 버티면 돈이라도 들어오고 비빌 언덕이라도 유지할 수 있지 않은가? 고민이 많아질수록 생각하지 않는 게 인생을 사는 데 큰 도움이 된다.

단순하게 사는 것의 장점은 비단 직장 생활을 버티는 것에만 있는 게 아니다. '복잡하다'의 반대말이 '단순하다'다. "Simple is the best."라는 말도 있다. 일을 처리할 때도 단순하게 처리하라. 머리가 복잡해지고 선택지가 많아져 고민될 때는 A4용지 한 장을 펼치고 우선순위와 중요한 것과 중요하지 않은 것을 구분하라. 그리고 크게 3가지로 나누어 순서대로 일을 처리하면 된다. 상사에게 보고할 때도 정리를 한 상태에서 최대한 간단명료하게 본인의 의견을 전달해라. 문장을 단순할수록 좋고, 짧을수록 좋다. 처음부터 잘하는 사람은 없다. 종이에 적고 정리하고 단순화시키는 것을 반복하다 보면 언젠가는 익숙해질 것이다.

하루 일과를 시작해서 끝내는 것도 단순화할 수 있다. 매일 같은 본인만의 패턴을 만들고 반복하는 것도 삶을 단순화시키는 것이다. 아침에 출근하자마자 모닝커피 한 잔을 탄 후, 체크 목록에 적힌 순서대로 일을 한다든가 말이다. 나 같은 경우도 일에도 우선순위를 둬 체크한 후, 체크된 대로만 처리하면 일이 아무리 많이 쌓여있어도 머릿속이 좀 정리되는 기분이 들 때가 많더라.

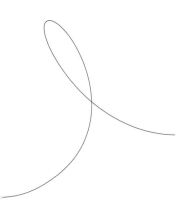

깨지더라도
일찍 깨지는 게 유리하다

직장 생활을 시작한 지 얼마 되지 않은 아는 동생이 내게 고민을 얘기했다. 자신이 상사에게 낮은 고과를 받았다는 것이다. 그 얘기를 듣고 우울감에 빠진 동생을 보니 나의 신입 시절이 생각났다. 신입 시절 나는 말 그대로 '문제아' 취급을 당했던 것 같다. 일도 제대로 모르고, 실수도 잦고, 일을 제대로 모르는데 왜 공부를 하지 않냐는 말까지 들었으니 말이다. 그런데 되돌아보면 그때 까였던 말들이 지금의 나를 만들었지 싶다. '아, 내가 남들이 보기에는 공부를 안 하는 사람처럼 보이는구나. 내가 평가를 낮게 받은 이유는 이거구나.'라는 현실 직시 말이다.

연차가 쌓여서 '일도 제대로 모르는데 공부를 안 하는 선배'라고 낙인찍힐 바에는 '일도 제대로 모르는데 공부를 안 하는 후배 혹은 신입'이 훨씬 낫다. 잘못을 저지를 거면 일찍 저지르고, 고과나 평가를 잘 못 받을 거라면 일찍 잘 못 받는 게 낫다. 사회는 처음 해보는 사람에게 그래도 조금 더 너그럽고, 신입들에게 그래도 조금 더 이해심이 많다. 그리고 어차피 지금 나를 평가할 사람들은 곧 퇴직을 앞둔 선배일 경우가 많다. 나의 안 좋은 모습은 일찍 퇴직하시는 분들에게 보여주고, 내가 오래 살아남기 위해 정말 중요한 순간에 나를 평가하는 사람들에게는 좋은 모습을 보여주는 것이 이왕이면 좋지 않은가? 그러기 위해서는 까이려면 일찍 까이는 게 좋다는 게 내 생각이다. 그래야 원인도 남들보다 빠르게 찾을 수 있고, 위에 사람들이 나를 어떻게 평가하는지 빨리 눈치챌 수 있기 때문이다.

그러니 내가 지금 고과를 좀 못 받았다고 해서, 상사에게 좋지 않은 평가를 받았다고 해서 너무 기분 나빠하거나 좌절하지 않아도 된다. 지금 어딘가로 불려가 상사에게 호되게 혼났다고 해서도 우울해 하지 않아도 된다. 그 과정을 통해 당신은 남들보다 일찍 깨달은 게 있는 것이니. 우울해 하거나 좌절감을 느끼지는 말되, 대신 원인은 꼭 분석해 보기를 바란다. 아니면 나를 평가한 상사에게 가서 솔직하고 예의 바르게 물어보아라. 내가 이 고과를 받은 이유가 무엇인지에 대해.

직장 생활을 하다 보면 이런 일, 저런 일 다 겪는다. 이 소문, 저 소문 못 들을 소문도 다 들려오고, 나에 대한 소문도 만만치가 않다. 그 소문들에 연연해 하다 보면 내가 일할 시간은 없어지고, 내

에너지를 일터에서 잃게 된다.

어떠한 안 좋은 일이든 일찍 겪은 것에 감사하고, 일찍 그것을 깨
달은 것에 감사하는 마음가짐은 내가 더 오래 사회생활을 할 수 있
도록 돕는 긍정적인 기운을 가져다줄 것이다.

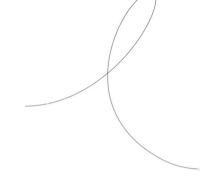

인간관계에
집착하지 말아라

　　　　　　　나도 그렇다. 누가 나에게 조금이라도 싫은 소리를 하거나 내 욕을 은근히 비꼬아 하는 것을 들으면 하루 종일 기분이 언짢고 머릿속을 뱅뱅 맴돈다. 나를 욕하고 싶은데 못하는 건지, 다른 사람들에게 가서는 내 욕을 하고 있는 것은 아닌지 말이다. 내 옆 사람의 타자 소리가 빨라지면 내 욕을 하는 것 같은 그런 기분. 특히 여자들이 이런 인간관계의 스트레스에 더 민감하지 않을까 싶다.

　이런 고민이 있는 사람이라면 다짐해라. 나는 회사에서 사적인 인간 '관계'를 형성하지 않겠다고 말이다. 늘 멀지도 않은, 가깝지도 않은 직장 동료로 상대를 대하리라고 말이다. 그러면 소외감을 좀 덜 느끼게 된다. 그리고 관계에 스트레스를 그렇게 많이 받을 바에는 나를 좀 소외시키는 게 도움이 될 수도 있다. 편을 가르거나 갈라진 편 사이에 끼어 골머리를 앓을 바에는 내 할 일 다 하고 예의를 지켜 선을 지키는 편이 내 스트레스 관리에 적당하다. 직장 생활에 너무 친해진 사람에게 내 사생활을 시시콜콜 이야기하는 것이 물론 또 언젠가 내게는 독이 될 수도 있다.

인간관계 형성도 잘하고, 눈치도 빨라 본인 것을 잘 챙기는 친구, B 양이 있었다. B 양은 옆 상사와(물론 이성이 아닌 동성 상사였다.) 단둘이 술도 자주 마시고, 여행도 자주 갔다. 그렇게 사적인 영역까지 침범해 친해진 둘 사이에서도 문제가 생기니 껄끄러워지더라. 하루는 B 양이 내게 와서 자신의 사적인 이야기를 자신과 친한 상사가 사람들에게 얘기하고 다니는 것 같다고 의심을 하더니, 곧 감정싸움으로 번져 서로 서먹서먹한 사이가 되는 것을 본 적이 있다. 서로의 사생활까지 꿰뚫고 있는 그 둘이 멀어지니 서로의 단점과 약점에 대한 소문은 알게 모르게 회사 내에서 빠르게 퍼져 나갔다. B 양은 과연 그 상사에게 무엇을 바랐던 것일까?

직장 생활에서 나 또한 사람들에게 굳이 많은 관심을 가질 필요 없다. 악감정이 있어도 내 스트레스고, 불편한 감정도 나를 더 괴롭게 할 뿐이다. 싫어하는 사람에게 내 정신이 팔릴수록 내 감정의 자존감은 점점 낮아진다. 그 사람에게 정신을 팔 시간에 내 본업에 더 집중하고, 일찍 일을 끝내 차라리 집에 가서 쉬어라. 정 못 견디겠으면 집에 가서 이직 준비라도 해라. 직장에서의 인간관계에 집착할수록 한도 끝도 없으니 새로운 돌파구를 찾든, 아니면 다른 곳에 정신을 팔고 일에 더 집중해라. 성과를 더 내서 차라리 다른 부서에 가는 것도 방법이다. 편을 가르는 사람을 멀리하고, 나 또한 편을 가르는 사람이 되지 않도록 해라. 누군가에 귀에 대고 속닥속닥거리지 말고, 소문에 둔감해져라. 직장 내에서의 소문은 재밌다. 그 소문을 알고 있어야 나도 왠지 인싸가 된 느낌이다. 하지만 내가 다른 사람의 소문에 관심 있으면 그것이 언젠가 내 소문이 되어 다른 사람의 입에 오르락내리락할 수도 있다. 다른 사람을 평가할 때도 소문만 듣고, 평가하지 말라.

직장에서 인간적으로 인기 많을 필요는 없다. 뭐 인간성이 좋아 모두와 두루두루 어울린다면 더할 나위 없이 좋겠지만, 굳이 내 인기를 직장에서 찾지 않아도 된다는 것이다. 누군가 나를 싫어할 수 있다는 것을 늘 인지하고 받아들여라. 나도 누군가를 싫어하는 마음을 가질 권리가 있듯 다른 사람도 나를 좋아하거나 싫어할 수 있는 마음을 가질 권리가 있다. 그 권리에 대해 사사건건 파고들어 왜 나를 싫어하는지 굳이 알려고 하거나 나 또한 그 사람에게 상처를 주기 위해 그 사람의 험담을 하고 다니는 것은 내 살을 깎아 먹는 일이다.

모든 것은 집착에서 비롯된다. 인간관계에 집착해 나의 감정에 상처를 주지 말아라.

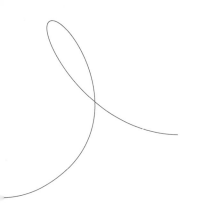

"편견은 내가 다른 사람을 사랑하지 못하게 하고,
오만은 다른 사람이 나를 사랑할 수 없게 만든다."

-제인 오스틴, 「오만과 편견」

　　　　　편견은 참 무서운 것이다. 한쪽으로 치우친 생각은 누군가의 생각을 듣고 교감하기도 전에 상대와 나 사이에 벽 하나를 먼저 만들어놓는 장애물이 된다. 그리고 그 장애물은 내 삶의 많은 부분에 부정적인 영향을 미친다.

　　최근 한 학원 직원이 음식 배달원에게 "본인들이 학교 다닐 때 공부 잘했으면 배달 일 하겠어요? 기사들이 뭘 고생해요. 그냥 오토바이 타고 부릉부릉하고 놀면서."라는 말을 해 화제가 된 적이 있다. 배달 기사를 무시하는 발언이며, 이 발언 속에는 배달원에 대한 편견이 가득해 보였다. 그런데 문제는 해당 학원 직원도, 강사가 아닌 셔틀 도우미였다는 사실이 퍼지며, 또 도우미에 대한 악플이 쏟아지기 시작했다. "그럼 그렇지. 셔틀 도우미 주제에…"라는 말들과 함께 말이다. "직업에는 귀천이 없다."라는 말도 있는데, 아직도 직업에 대한 편견은 사회에 만연하다.

어른들의 편견은 아이들에게도 영향을 주었다. 빌거지(빌라 사는 거지), 엘사(LH 임대 아파트 사는 사람), 이백충(아빠가 월 200만 원 버는 자녀) 등 요즘 초등학생들 사이에서 오가는 말이라고 한다. 내 자식이 나중에 친구를 사귀기도 전에 빌라에 산다는 이유로, 부모님이 이혼하셨다는 이유로, 부모님의 직업이 본인의 기준에 맞지 않는다는 이유로 그 친구와 교감할 기회를 차단해 버린다면 참 마음이 아플 거 같다는 생각이 들었다.

학창 시절 강남에 유명한 입시 학원에 다닐 때의 일이었다. 그 학원 대부분의 학생은 강남에 살았고, 소위 말하는 정치인, 의사, 교수 집안의 자식들이었다. 그때 유명한 언어 강사가 강의를 하다가 갑자기 이런 질문을 하더라.

"텔레비전에서 어려운 사람들을 돕기 위해 전화로 후원하는 것을 해본 사람이 있나요?"

나는 번쩍 손을 들었다. 우리 엄마는 항상 텔레비전에 어려운 사람들이 나올 때면 전화를 해 후원을 했기 때문이었고, 나는 엄마가 자랑스러웠다. 하지만 그 상사는 조금 당황하면서 나를 못 본 체하며 이렇게 말하더라.

"아마 많이 없을 거예요. 그런 상황을 처해봤던 사람들이 그런 전화를 하니까요."

그 강사의 의도는 정확히 기억나지는 않으나 대충 이런 느낌이었다. 제대로 한 방 얻어맞은 것 같은 느낌이었다. 어려운 사람들을 돕는 것에 대해 이렇게 불쌍하게 말해도 되는 건가? 아무도 손을 들지 않는 상황에서 내가 손을 들었다는 것이 창피했던 것이 아니라 너무나 불쾌했다. 그 강사의 말도 안 되는 선입견과 편견이 10년이 훌쩍 넘은 지금도 생생히 기억나는 것을 보면 말이다.

편견이 없는 사람은 없다. 당연히 누구나 인생을 살며 사회적으로 학습된 것이 있고, 경험을 통해 내면에 통계치가 만들어놓는다. 하지만 그 편견을 믿는 사람과 편견을 무서워하는 사람의 태도는 다르다. 편견과 선입견이 있는 사람은 그것이 답이라고 생각하며, 사람들에게 전파한다. 본인과 다른 생각을 갖고 있는 사람을 무시한다. 오죽하면 영국 수필가 시드니 스미스는 "절대 이성적으로 설득해 남의 편견을 없애려 들지 마라. 애초에 편견을 갖게 된 이유가 비이성적인데, 어찌 이성적으로 설득한다고 편견을 없앨 수 있겠는가?"라고 말했겠는가? 편견은 사고를 유연하지 못하게 만들고, 사건과 사물을 바라보는 잣대를, 시야를 흐리게 만든다.

편견에 사로잡혀 치우친 생각을 갖고 있는 사람, 고정관념에서 벗어나지 못하는 사람은 대개 적대적인 경우가 많다. 그들과 대화하는 것은 참 거북한 일이다. 차라리 내 생각, 마음을 이야기하지 말고 닫아버리게 되더라. 종교나 정치적 성향과 같은 것이 아니더라도 혹시 내가 사소한 편견이나 치우친 생각, 편향적인 사고를 하고 있지는 않은지, 이로 인해 누군가에게 벽을 쌓고 관계를 시작하지 않는지 한번 고민해 보기를 바란다. 상대방에게 이런 존재가 된다는 것은 스스로를 세상에서 고립시키는 일이다.

근거에 따른 소신 있는 주장과 상대의 의견을 수용할 수 있는 넓은 마음은 나를 한층 성숙하게 만들어줄 것이다.

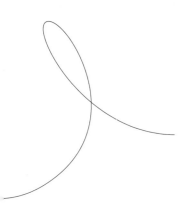

주변을 밝은 에너지로
가득 채워라

긍정적인 단어, 부정적인 단어는 참 많다. 하지만 우리가 실상 표현을 자주 하는 단어는 많이 없다. 한번 흰 종이를 꺼내고 내가 자주 쓰는 긍정적인 단어와 부정적인 단어를 구분해 쭉 적어보아라. 과연 몇 글자를 적을 수 있을까.

우리가 흔히 쓸 수 있는 긍정적인 단어의 예를 들어볼까.

사랑, 설레는, 흐뭇한, 기쁜, 행복한, 상쾌한, 편안한, 활기찬, 신나는, 열정적인, 기대되는, 고마운, 홀가분한, 반가운, 재미있는, 당당한, 만족스러운, 친근한, 감동적인, 뿌듯한, 흥미로운, 들뜬, 평화로운, 감사한 등이 있다.

이번에는 부정적인 단어의 예를 들어보자.

기분 나쁜, 지루한, 무기력한, 화나는, 억울한, 울적한, 비참한, 실망스러운, 허무한, 창피한, 절망스러운, 쓸쓸한, 난처한, 피곤한, 울적한, 슬픈, 화나는, 괴로운, 허탈한, 막막한, 억울한, 지친, 우울한 등이 있다.

부정적 단어들은 몇 가지만 나열해도 어둠의 기운이 느껴진다. 반면, 긍정적인 단어는 자연스럽게 밝은 무엇인가를 상상하게 한다. 언어가 가진 힘은 크다. 다양한 언어로 내 감정을 상대방에게 전달하는 것은 중요하다. 그리고 더 중요한 것은 의식적으로라도 긍정적인 표현을 내뱉고, 내 주변의 기운을 강한 자신감과 밝은 에너지로 만드는 것이다.

성공한 사람들, 친해지고 싶은 사람들 대부분에게는 이 밝은 에너지가 느껴진다. 그들은 항상 온화하다. 명확하고 밝은 목소리를 갖고 있으며, 부정적인 단어가 아닌 긍정적인 단어를 많이 사용한다. 똑같은 상황을 마주하더라도 상황을 긍정적으로 평가하는 사람이 있는가 하면 부정적으로 평가하는 사람도 있다. 부정적으로 평가하며 온갖 어둠의 기운을 내뿜는 사람 옆에서는 내 기도 함께 빨리는 느낌이 든다.

의식적으로 밝은 에너지를 만들기 위해서 늘 신경 써야 할 것은 표정과 말투, 단어다. 같은 말을 하더라도 긍정적인 단어를 풍부하게 사용해 보자. 고맙다는 말도 구체적으로 무엇이 얼마만큼 고마운지 표현해 보자. 리액션도 조금 더 크게 해보자. 밝은 에너지가 아무에게나 찾아오는 것은 아니다. 노력한 사람만이 에너지를 만들 수 있다. 한 번 만들어진 에너지는 내 삶을 더 풍요롭게 만들고, 이렇게 만들어진 에너지는 습관처럼 깃들어 나를 잘 떠나지 않으니 말이다.

어디에서든, 누군가에게든 매력적으로 느껴지는 사람은 사랑이 충만한 사람이다. 스스로를 사랑해, 그 자체에서 사랑이 충만한 사람에게서 뿜어져 나오는 에너지는 겉모습이 얼마나 아름다운지와는 전혀 상관이 없다.

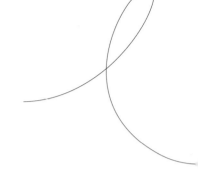

말하는 대로 된다.
확언하라

나는 실제로 내가 원하는 바가 있으면 앵무새처럼 매일 이야기한다. 부끄러워서 어디에 얘기하지 못할 말도 남편이나 가족들에게는 매일 말한다. 나는 몇 살까지 얼마의 돈을 벌 거라는 둥, 나는 앞으로 어떤 삶을 살 거라는 둥.

우스개 예시지만 어린 시절부터 나는 "집에서 가까운 대학교에 갈 거야. 꼭 그럴 거야."라고 해서 정말 집에서 30분 컷의 대학교에 입학했고, 대학생 때는 "나는 꼭 가까운 직장에 입사해서 출퇴근할 거야. 절대 왕복 1시간을 넘기지 않을 거야."라고 입버릇처럼 말하고 다니니 정말 지금은 직장 생활 5년 동안 왕복 1시간이 걸리지 않는 곳에서 직장을 잡아 일을 하고 있다. 입사를 한 후에는 chapter 5의 이야기처럼 결혼하고 싶은 남자의 조건을 입에 달고 살았고, 현재 그런 남자와 살고 있다. 결혼하면 꼭 친정 옆에 살 거라고 100번은 더 떠들었던 것 같은데 지금 정말 친정 옆에서 나는 거주하고 있다. 우스개 예시지만 나는 이 예시들을 보며 더 강한

확신을 얻게 되었다. '아, 인생은 말하는 대로 되는구나.'

대한민국을 대표하는 MC 유재석의 노래 중에도 「말하는 대로」라는 노래가 있다. 『파리에서 도시락을 파는 여자』, 『웰씽킹』 등의 저자이자 캘리 델리 회장의 켈리 최가 운영하는 유튜브 영상 중에서도 '내게 평생 쓰고도 남을 돈과 풍요를 가져다준 부자 확언'이라는 영상이 있다. 한번 찾아서 들어보기를 바란다. 이 영상에서 캘리 최는 부자가 될 수 있다는 믿음의 문장을 여러 번 반복해서 읽어주며 따라 하라고 시킨다.

"나는 지금 당장 엄청난 행운과 좋은 기회들을 받아들일 준비가 되어있다."
"돈을 버는 것을 즐겁다."
"나는 부를 통해 내가 원하는 최고의 것을 누릴 것이다."
"나는 돈도 있고, 시간도 있는 시간 부자가 되었다."

등이 위의 영상에 나오는 문구들이다. 이외에도 성공한 많은 사람은 생각한 대로, 말하는 대로 인생이 이루어졌다고 말한다. 생각한 대로, 말하는 대로 된다고 100% 되는 것은 아니지만, 성공한 사람들이 생각한 대로, 말하는 대로 됐다고 대부분 얘기하면 나도 한번 해볼 만한 게임이 아닌가? 돈 드는 것 아니니 오늘이라도 당장 본인의 미래를 그리며 확언하고 이미지를 상상하고 생각해 보라.

언젠간 본인이 꿈꿔온 상황에 놓여있을지도 모르니 말이다.

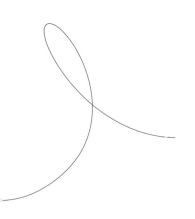

일단, 그냥,
지금 해라. DO IT!

　　돌이켜보면 나는 일단 시작했고, 나를 극한 상황으로 몰았다. 할 수 없다고 생각되면 일단 도전했다. 이번 책을 집필하는 과정도 마찬가지였다. 어느 정도 책을 쓰고 나니 더 이상 머리가 돌아가지 않고, 책의 장수를 맞추기 위해 페이지를 늘려야 한다는 의무감이 가득하다 보니 책상 앞에 잘 앉게 되지 않더라. 이런 나를 보며, 나는 느꼈다. "아, 이번에도 일단 저질렀구나." 나는 여기에 그치지 않고 글이 써지지 않을 때면 여기저기 소문을 냈다.

　"제가 책을 쓰고 있어요! 책 나오면 사인해서 드릴게요!"

　이렇게 떠벌리고 나니 어쩔 수 없이 퇴근 시간 후에는 책상에 앉아 노트북을 켜게 되더라. 죽이 되고 밥이 되더라도 일단 뭐든 해보자는 마음이 생겼다. 악으로라도 뭔가를 하는 것이다. 소문은 소문대로 냈는데 책을 완성하지 못하면 사람들에게 부끄러울 것 같으니 일단 하는 것이다. 일단, 그냥, 지금 시작해서 이뤄냈던 것들이 내 인생에 생각보다 많다. 일단 했던 일들에서는 후회보다는 즐거움이 많았고, 후회하더라도 배운 것들이 많았다.

　직장 생활을 하다 보면 '그림 그리는 걸 배워보고 싶은데', '중국어를 배워보고 싶은데', '운동을 배워보고 싶은데', 'OO 해보고 싶었는데.'라는 말들을 종종 듣는다. 무언가를 새롭게 시작한다는 것에 대해 사람들은 두려움을 먼저 갖고 있는 것처럼 보인다. 시작이 반이라는 말도 있듯, 생각만 하고 시작하지 않으면 그 하고 싶은 마음은 언제나 과거가 된다. 과거는 되돌릴 수 없다. 지금 해야 할 수 있는 것들은 지금 하는 것이 가장 후회하지 않는 선택이라고 생각한다.

　비단 일단, 그냥, 지금 하는 것에는 내 경력에 대한 것들만 있는 것은 아니다. 인간관계에서도 마찬가지다. 부모님과 함께 여행을 가고 가족사진을 찍는 것을 하지 않았던 것을 나는 지금도 후회하고 앞으로도 두고두고 후회할 것 같다. 20대가 된 후 '가족사진' 찍고 싶다는 생각만 하고, 예약은 한 적이 없었다. 나중에 가족 모두가 시간이 되면 하루 내서 찍자고 말만 했었는데, 현재 아버지가 편찮으신 상황에서 언젠가는 하자고 했던 가족사진 찍는 것이 당장은 어렵게 되었다. 그냥 생각났을 때, 몇 시간 내어서 주말에라도 했으면 되었을 것을 그때는 뭐가 그리 바쁘다고 그 일을 미뤘을까? 그때가 후회되는 지금의 나는, 부모님이나 가족들에게 지금 내가 할 수 있는 것들은 내 성에 찰 때까지 하고자 한다.

"갈까 말까 할 때는 가라, 살까 말까 할 때는 사지 마라, 말할까 말까 할 때는 말하지 마라, 줄까 말까 할 때는 줘라, 먹을까 말까 할 때는 먹지 마라." 서울대 행정대학원장 최종훈 교수의 「인생 교훈」 중에 나온 문구다. 여기에 추가해 할까 말까 할 때는 하라고 말하고 싶다.

모든 선택은 본인이 하는 것이고, 본인의 선택에는 책임이 따르지만, 후회하지 않으려거든 할까 말까 할 때는 우선 하는 것을 추천한다.

최고의 경쟁 상대는
어제의 나다

옆 직원과의 비교, 친척 동생과의 비교, 이웃과의 비교. 세상에는 비교할 것투성이다. 돈, 배우자, 부모님, 자식, 집, 옷, 학력, 심지어 어제 먹은 식사까지.

그런데 잘 한번 고민해 보아라. 그 비교가 어떤 의미가 있는지. 나랑 동일선상에서 출발하지 않은 다른 누군가와의 비교는 내 감정 소모만 일으킬 뿐이다.

세상에 의미 있는 비교는 단 한 가지다. 그것은 바로 과거 나와의 비교다. 어차피 인생은 혼자 왔다 혼자 간다. 죽음을 맞이하는 순간 내가 했던 비교는 의미가 없어진다.

내 옆 직원이 포르쉐를 샀다고 가정해 보자. 나랑 그 직원은 출발선부터가 달랐다. 태어나기를 다른 부모 아래, 다른 성격, 다른 기질, 다른 두뇌, 신체 조건을 가지고 태어났는데 어떻게 그 직장 동료가 포르쉐를 산 순간과 내가 사지 못한 순간을 비교할 수 있겠는가? 나와는 도저히 다른 상대를 계속 비교할수록 불안해지는 것은 나다. 그리고 내가 따라갈 수 없는 누군가와 계속해서 비교하는 것은 비교 자체가 무의미해진다. 경쟁 상대를 만들어 경쟁심으로, 승부욕으로 앞으로 발전하는 것에는 동의하지만, 경쟁이 아닌 비교로 열등감만 느끼고 어둠 속으로 본인을 밀고 들어가는 것은 바람직하지 않다.

어제보다 하나를 더 알았다는 것에, 어제보다 운동을 했다는 것에, 어제보다 책을 한 장 더 읽었다는 것에, 발전하는 '나'의 모습에서 어제의 나보다 더 나아진 나를 발견하고, 그것에 만족하라. 인강을 하나 더 들었다면 당신은 거기에서 하나라도 어제보다 더 깨달은 게 있을 것이다. 신문을 한 장 더 읽었다면 당신은 어제보다 세상의 흐름에 한 발자국 올라탄 것이 될 것이다. 매일 하나씩 꾸준히 성장하면 365일이면 365번 성장해 있는 자신을 발견할 테고, 365일이 지난 후에는 1년의 자신보다 하나라도 더 알고, 하나라도 더 가진 내가 되어있을 것이다.

과거의 나와 비교를 통해 내가 하기 싫은 마음, 귀찮은 마음을 이겨내고 성장했다는 것은 스스로에게 굉장한 뿌듯함과 작은 성취감을 준다. 내가 나와 비교해서 움직여야지, 내가 남과 비교해서 움직이게 되면 내 옆에 비교 대상이 없어지는 때가 왔을 때, 혹은 내가 도저히 이길 수 없는 상대가 내 옆에 나타났을 때 패배감을 느끼게 된다. 혹은 내 기준에 나보다 뒤떨어지는 사람만이 존재할 때는 더 이상 나는 성장할 가치를 못 느끼고 움직이지 않게 된다. 나를 움직이게 하는 원동력은 '스스로'가 되어야 한다. 내 몸의 주인, 내 인생의 주인, 내 삶을 바꿀 수 있는 사람을 오로지 자신뿐이다.

그런 의미에서 달력이나 작은 수첩을 하나 만들어 매일 무엇을 했는지 하나씩 기록해 보아라. 골프 수업을 갔는가? 그럼 그 수업을 통해 배운 것이 있을 것이다. 책은 5페이지 더 읽었는가? 좋다. 그것이라도 적어라. 20분 줄넘기를 했는가? 그것도 훌륭한 일이다. 어제의 나보다 한 발자국 성장한 본인을 무한히 칭찬해라. 그 칭찬에 대한 증거로 기록을 남기라는 것이다. 머릿속으로 생각만 하는 것이 아닌, 증거를 통해 스스로를 칭찬할 때 나는 더 성장해 있을 수 있다. 그리고 그것을 꾸준히 영위하고 싶은 욕심도 생겨난다.

'나'는 '나'에게 최고의 경쟁자이면서 든든한 지원군이자, 스폰서다. 과거의 내가 현재의 나를 만들었고, 현재의 내가 미래의 나를 만든다.

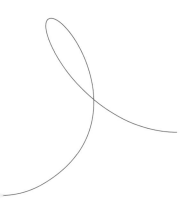

회사는 끊임없이
나를 평가한다

드라마나 영화에 나올 법한 회사 생활을 꿈꾸는 사람이 있는가? 그렇다면 꿈 깨라. 회사는 전쟁터이고, 회사는 끊임없이 당신을 평가하니 말이다.

직장은 놀이터가 아니다. 학교도 아니다. 각자도생. 각자 살아남기 바빠 나를 챙기거나 가르쳐 줄 수 없다. 설사 누군가 나를 챙겨주더라도 부모나 학창 시절의 선배처럼, 선생님처럼 나를 챙길 수는 없다. 내가 그만큼의 가치가 있는 사람이라는 것을 보여주어야 하고, 나를 챙겼을 때 내가 그만큼의 성과를 해낸다는 것을 계속해서 보여주어야만 챙김을 당할 수 있는 잔혹한 곳이다.

직장 내에서 선배 A와 후배 B는 친하다. 둘은 대화도 잘 통하고, 일상생활 이야기도 곧잘 한다. 일이 끝나면 함께 쇼핑도 가고 여행도 갈 정도의 돈독한 우정을 지니고 있다. 그러던 어느 날 상사가 A를 불러 B에 대해 물었다. 다른 더 좋은 팀에서 B를 데려가려고 하는데 추천하냐는 것이다. A는 한참을 고민하다 B를 추천하지 않는다고 했다. B가 인간적으로는 좋을지언정 업무 능력이나 그 팀의 일원으로서는 제 역할을 하지 못할 것이라고 판단했기 때문이다. 사실 그 팀은 B가 정말 가고 싶어 했던 팀이었으나 A의 입장에서는 그 친구를 추천했을 때, 추천자인 본인의 책임도 있을 것 같아 추천하지 않았다고 하더라.

'그렇게 친한 B를 추천하지 않아? 정말 의리도 없네.'라고 A를 비판할 수만은 없었다. A는 계속해서 찜찜해 하며 B에게 미안한 감정을 갖고 있었지만, 본인의 선택을 후회하지는 않는다고 했다.

공과 사는 구별해 사람을 사귀되, 직장에서 만난 사람들에게 당신의 모든 것을 드러내는 것에 대해서는 추천하지 않는다. 사생활이 공적인 영역에 생각보다 큰 영향을 미친다는 것을 알고 있어라. 아무리 편해진 상사라도 그 혹은 그녀는 나를 평가하는 사람이다. 더구나 요즘과 같은 세상에는 대놓고 나를 비판하거나 나의 잘못을 꼬집어주는 사람은 흔치 않더라. 앞에서는 별 이야기 하지 않지만 뒤돌아서서 나를 비판하거나 비난하고 평가하는 사람들이 회사에는 늘 존재한다는 것을, 나라는 존재는 회사에서는 늘 평가받고 있는 존재라는 것을 생각하고 긴장된 모습으로 회사 생활에 임하기 바란다. 물론 그 비판과 비난, 무성한 소문에 무뎌져야 할 필요성도 분명 존재하지만, 조심해서 나쁠 것 없으니 말이다.

아무것도 하지 않으면 아무 일도 일어나지 않는다.

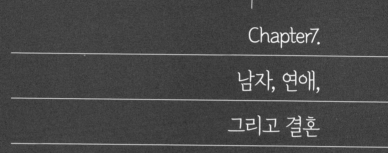

Chapter7.

남자, 연애,

그리고 결혼

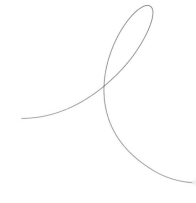

내 남자
체크리스트

친구 S 양은 첫 남자친구에게 차였다. 4년을 만났으며(군대 2년 포함) 대학 생활을 바쳤지만 결국 제대 후 얼굴 한 번 못 보고 문자로 이별 통보를 받았다. 그런 그에게 그녀는 지금 너무나 감사하다고 표현한다. 왜냐고? 남자 보는 기준을 정해주었기 때문이란다. 아련했던 첫사랑의 기억, 쓰라린 첫 이별의 아픔이 S에게는 존재하지 않는다.

그의 제대 날, 그의 핸드폰은 꺼져있었고, 문자에는 답장이 없었다. 일주일 후, 저녁 7시쯤 집에 가고 있는 지하철 안에서 문자 한 통이 도착했다고 한다. "너를 볼 면목이 없다. 그만 만나자." 어안이 벙벙했던 S였다. S는 그 문자를 본 후 4년이라는 시간이 야속했고, 군대 간 그를 2년 동안이나 기다리며 아무 남자도 만나지 않은 자신에게 화가 났고, 분했다. 그리고 동시에 이렇게 첫 연애가 끝난다는 것이 서글펐다고 한다. 하지만 그 서글픔과 무서움 먹먹함은 한 달이 채 가지 않았다. S는 눈물을 머금고 다짐했다. 두 번째 남자친구는 첫 번째 남자친구와 아예 다른 사람을 만나리라고.

그녀의 두 번째 남자친구 정말 착했다. 키도, 외모도 그녀의 이상형과는 거리가 멀었지만 욱하지도 않고, 말도 예쁘게 하는 편이었다. 하지만 여기서 또 문제가 발생했다. 종교가 달랐고, 돈에 대한 가치관이 달랐다. 항상 새로운 사업을 꿈꾸었고, 일을 벌이는 것을 좋아했으며, 한 가지 일을 오래 하지 못했다. 언젠가는 프리랜서로 일을 하고 개인 사업을 하고 싶었던 S는, 언젠가는 자신이 일을 그만두고 아이들을 돌봐야 할지도 모른다는 생각에 결국 이별을 택했다. 그리고 본인만의 가치관이 담긴 체크리스트를 고민하기 시작했다. S 양의 체크리스트는 이러했다.

1. 욱하지 않을 것

2. 비속어를 사용하지 않을 것(말을 예쁘게 할 것)

3. 종교적 신념이 강하지 않을 것, 강요하지 않을 것(종교가 없으면 더 좋을 것)

4. 높은 급여, 높은 직급이 아니더라도 본인 일을 꾸준히 할 수 있는 성실함과 부지런함을 가진 사람일 것

5. 가족에 대한 책임감이 있을 것

6. 음주가무를 즐기지 않을 것

7. 경제관념이 있을 것

8. 건강한 가족(화목한 부모님)에게서 자랐을 것.

9. 시댁에 큰 도움을 바랄 수 없지만, 큰 도움을 주어야 하는 상황까
   지는 아닐 것
10. 마마보이가 아닐 것

그렇게 10가지를 입이 마르도록 외치고 다녔던 그녀는 정말 딱, 조건에 맞는 남자를 만났다. 덜도 말고 더도 말고. 딱, 본인의 체크 리스트에 부합된 남자였다. 흔히 말하는 배우자 기도가 먹힌 것일 까? 그녀는 결혼에 골인해 지금까지도 잘 살고 있다. S 양의 체크리 스트에 시댁에 대한 조건까지 넣은 부분은 칭찬하고 싶다. 시댁에 대한 기준도 그 남자의 조건에 포함시켜 고민해 보기를 바란다.

아무리 훌륭한 조건의 남자라 해도 그의 성격과 환경, 성향과 나 는 안 맞을 수 있다. 어떤 여성은 자신감이 넘치고 리더십이 강해 무엇이든 본인이 결정해서 이끄는 남자와 맞을 수 있지만, 또 어떤 여성은 이와 반대되는 남자가 필요할 수도 있다. 어떤 여성은 스포 츠를 좋아해 주말마다 등산과 바이크를 즐기는 남자가 잘 맞을 수 있지만, 또 어떤 여성은 집에서 혼자 사색을 즐기고 주말에 소파 위 에서 뒹굴뒹굴 누워 맛있는 음식을 시켜 먹는 남자랑 잘 맞을 수도 있다. 결국, 나랑 잘 맞는 남자가 나에게 완벽한 남자이고, 내가 어 떤 성향을 가진 남자와 잘 맞는지를 20대에 연애를 반복하며 하루 라도 빨리 캐치해야 한다.

연애에 모든 것을 쏟아붓고 헌신하는 것, 정열적인 사랑을 하고 사랑으로 20대를 태워보는 것. 대차게 차여 온종일 이불 속에서 엉엉 소리 내며 울고 비참하게 매달려도 보는 것. 20대의 여성들에게는 이 모든 것을 찬성한다. 하지만 이별했다면 새로운 사랑을 찾아 무작정 나설 것이 아니라, 이별한 이유를 찾고 자신과 이 사람이 왜 헤어질 수밖에 없었는지 이유를 분석하기를 바란다. 9가지의 장점이 있지만 1가지의 단점이 존재한다면(나와 맞지 않는 성격, 내가 무엇인가 걸리는 환경이 있다면) 나는 결혼을 다시 고민하기를 바란다. 결국, 내가 고민했던 1가지가 결혼 생활의 발목을 잡을 수 있기 때문이다. 9가지가 너무나 훌륭해도 내가 나머지 1가지를 감당할 자신이 없다면 그 결혼은 불행해질 수 있다. 또한, '살면서 바뀔 수 있으니까, 바뀐다고 했으니까.'라는 달콤한 말에 모르는 척 넘어가지 말아라. 본인도 알고 있지 않은가? 사람은 쉽게 변하지 않는다는 것.

"그놈이 그놈이다."라는 말이 있지만, 그놈들 중에서도 나에게 맞는 놈을 찾자.

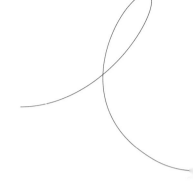

나는 상대에게
어떤 사람인가?

'그놈들 중에서도 나에게 맞는 놈을 찾고자' 한다
면 그놈도 마찬가지로 본인에게 가장 맞는 사람을 찾고 있을 것이다.

내가 만나고 싶은 남자의 기준을 세웠다면, 한 번 거꾸로 생각해
봐라. 나는 상대에게 어떤 사람인가?

연애 상담이나 코치를 하고자 하는 것이 아니다. 연애 스킬만으
로 꽤 괜찮은 남자를 만나는 시대는 지났다. 내가 꽤 괜찮은 사람
이어야 꽤 괜찮은 상대를 만날 수 있다고 생각하라.

여기서 꽤 괜찮다는 것은 무엇을 의미할까? 외모? 몸매? 학벌?
물론 그 무엇 하나 중요하지 않은 것은 없다. 하지만 가장 중요한
것은 상대를 배려해 주는 마음이다. 상대를 배려하는 마음에는 여
러 가지 의미가 내포되어 있다. 이 마음 몇 가지만 알아도 꽤 괜찮
은 상대가 될 수 있는데, 여기에서의 포인트는 '상대'에 초점을 맞추
라는 것이다.

우선 상대방은 어떨 때 사랑받는다고 느끼는지에 대해 알아라. 누군가는 선물을 받았을 때, 누군가를 스킨십을 했을 때, 누군가는 사랑한다는 말을 들을 때, 사랑의 감정을 느낀다. 상대가 남자라면 여자로부터 존경받는 느낌이 들었을 때 사랑의 감정이 샘솟을 수도 있다. 사랑을 표현하는 방법도 내가 추구하는 방식이 아니라, 상대에게 맞추어서 해줄 때 더 효과가 좋아질 수 있음을 명심하라.

두 번째 배려는 칭찬에 관한 것이다. 상대를 칭찬할 때는 최대한 구체적으로, 한 번 했던 칭찬이라도 아끼지 말고 또 하라는 것이다. 상대방이 특정 부분에 자신감이 있다면 그 부분을 극대화시켜서 칭찬해 주면 좋고, 단점이 있다면 조금씩 작은 것부터 칭찬해 그 단점을 본인이 장점으로 생각할 수 있도록 돕는 칭찬을 하는 것이다. 칭찬에도 기술이 있다. 여자의 구체적인 칭찬과 따뜻한 격려는 언제나 남자들에게 큰 힘이 된다.

실제 내가 스피치 강사로 일할 때, 40대 한 직장인이 아래와 같은 발표를 한 기억이 난다.

아침 출근길에 와이프가 "당신 오늘 참 잘 생겼네, 멋있네."라는 말 한마디 해주면 하루 동안 자신감이 솟는데, 와이프는 몇 년째 그것을 모른다는 것이다. 당시 함께 강의를 듣던 30~40대 남성들이 대부분 고개를 끄덕였다. 책에서만 보던 칭찬이 실제로 먹힌다는 것에 대해 다시금 생각해 보는 계기가 되었다. 칭찬 한마디 하는데 돈도 안 들고 얼마나 좋은가. 상대가 듣고 싶어 하는 칭찬을 구체적으로 할 수 있는 것도 배려심이 깃들여야 할 수 있다. 한 번 했다고 끝내지 마라. 여자들도 예쁘다는 이야기는 언제 들어도 좋지 않은가? 90세가 된 할머니도 참 고우시다는 칭찬 한마디에 기분 좋아하셨던 기억이 난다.

세 번째 상대방에 대한 배려는 돈이다. 재벌 2세가 아니고서야 이제 막 사회생활을 시작해 10년을 채우지 못한 남성들이 돈을 펑펑 쓰지 못하는 것은 당연한 것이다. 또한, 대한민국의 남성이라면 아직 사회적 인식에서 벗어나지 못해 남자가 집을 해와야 한다는 압박감을 느낄 수도 있다. 이런 그를 배려해 주라는 것이다. 비슷한 또래라면 데이트 비용은 최대한 공평하게 부담하는 것이 좋고, 커플 통장을 만들어 매달 같은 돈을 넣고 그 안에서 데이트 비용을 지불하는 것도 좋은 방법이다. 이 방법은 서로의 착한 소비 습관을 만들기에도 긍정적인 역할을 할 것이다. 만약 남자가 본인보다 나이가 많아 먼저 직장 생활을 시작해 벌이가 있다면 상황에 맞게 또 배분하면 된다. 혹시 남자가 차를 가지고 있다면 주유비를 종종 계산하는 여자친구가 얼마나 예뻐 보이랴. 내가 갖고 싶은 선물을 고민하는 것보다 상대가 갖고 싶어 하는 선물을 사 주고, 받은 게 있다면 줄 줄도 아는 여자가 되었으면 좋겠다. 좋은 사람은 좋은 사람을 알아보는 법이다.

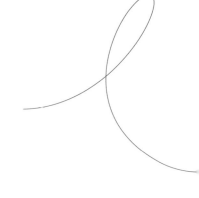

결혼도
수업이 필요한가요?

막상 결혼을 하고 나니, 연애와는 꽤 많이 다르더라. 어떤 TV 프로그램에서 MC가 결혼 후의 삶에 관해 묻자 "애인이 집에 놀러 와서 같이 놀다가 집에 갈 시간이 되었는데, 집에 안 가고 쭉 있는 느낌이다. '왜 안 가지?'라는 생각이 들었다."라는 답변을 한 적이 있다. 그런데 결혼을 막상 해보니, 결혼 생활은 그냥 애인이 집에 눌러앉아 있는 것. 그 이상이더라.

결혼한 내게 흔히 친구들이 묻는다. "집안일 힘들지?" 나는 답한다 "집안일은 일도 아니지." 일단 집안일을 하는 게 문제가 아니라 집안일을 배분하는 것에서부터 문제가 발생한다. 집안일을 명확하게 나누기도 참 애매하고, 그렇다고 요일별로 날짜를 정해 당번을 정하기도 웃긴다. 서로 배려하며 '내가 조금 더'라는 마음가짐을 가지면 좋겠으나 마음이 조금이라도 비뚤어진 날이면 괜히 내가 더 많은 일을 한 것 같은 억울한 기분이다.

양가 부모님에 대한 것도 마찬가지다. 양가 부모님의 경제적 상황이 다르고 생각이 다른데 무조건 똑같이 할 수도 없는 노릇이고, 한쪽에 드리는 용돈이 조금이라도 많은가 싶으면 서운한 마음이 드는 건 어쩔 수 없다. 서로의 부모나 가족에 대해서는 더 민감해진다. 둘이 좋아서 한 결혼이 주변 사람들로 인해 힘들어지는 경우도 많이 봐왔다. 부모님이 아예 손 놓고 간섭 안 하면 좋지만, 애지중지 키워온 자식 하나 결혼시키려는 데 마음이 안 쓰이는 것도 이상하리라 싶다. 이럴 때일수록 예비부부는 서로 대화를 더 많이 나눠야 한다. 연애 때부터 앞으로 어떻게 위와 같은 문제들을 해결해 나갈지 꾸준히 생각을 교류해야 한다. 생각 교류는 구체적일수록 좋다.

양가에 용돈은 얼마나 드릴 것인가? 생신이나 명절에는 얼마를 드릴 것이며, 혹시 집안에 이슈(환갑이나 칠순)가 있을 때는 얼마를 드릴 생각을 하고 있는가? 양가에 전화는 최소 몇 번 드리고 싶은가? 돈 관리는 누가 할 것이며, 주로 어디에 소비하고 싶은가? 아이는 구체적으로 몇 명을 낳고 싶으며, 신혼집은 어디로 구하고 싶은가? 혹시 둘 중 한 명이 게임을 즐긴다면 일주일에 게임은 몇 시간 정도 할 예정인가? 싸움이 발생한다면 각방을 쓸 것인가 그래도 한 침대에 누울 것인가? 잠깐 피하고 싶은 순간이 온다면 와이프가 집 밖을 나갈 것인가, 남편이 집 밖을 나갈 것인가? 등 정말 구체적인 숫자와 요일, 비율까지도 꼼꼼하게 둘 만의 규칙을 만들어 놓는 게 편할 수 있다.

어떤 항목에 어떻게 접근해야 할지 망설여진다면 '예비부부 수업'을 들어보기를 권한다. 구청이나 종교 시설에서 예비부부들을 위한 프로그램이 많다. 아무리 나 혼자 머리를 쥐어짜도 결혼을 하면 생각하지 못한 변수들이 생기게 되더라. 마음이 바다보다 넓다고 생각했던 내가 웅덩이만큼 좁아지는 모습을 보이기도 하더라. 누구나 처음 해보는 결혼 생활이기에, 새로운 가족을 만들어 나가는 가장 중요한 순간이기에 수업이 필요하다는 것을 잊지 말아라.

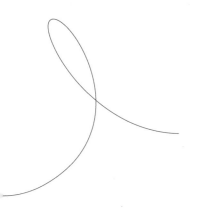

일생일대의 가장 중요한 미션, 유능한 파트너를 구해라

저자가 직업 선택하는 것보다 중요하게 생각하는 것이 배우자를 선택하는 것이다. 부모와 자식은 뒤에서 날아오는 돌이라 피할 수 없지만, 배우자는 앞에서 날아오는 돌이기에 잡을 수도 있고, 피할 수도 없다는 말을 듣고 깊게 공감한 적이 있다.

배우자는 인생 사업을 함께 꾸려갈 파트너다. 가정도 하나의 조직이다. 사랑하는 사람과 평생의 파트너가 되어 가족이라는 조직을 꾸린 후 서로를 이끌어 주는 조직. 손바닥도 맞닥뜨려야 소리가 나고, 팀워크가 좋으면 실력이 부족하더라도 운동경기에서도 승률이 높아진다. 직장은 안 맞으면 이직이라도 하면 되지, 결혼은 안 맞으면 법정까지 가 이혼 도장을 찍어야 하는, 몇 배나 골치 아픈 행위다. 게다가 친인척 모두에게 두 사람이 함께 삶을 살아갈 것을 공표까지 하지 않았는가? (물론 공표했다고 해서 아니다 싶은 결혼을 참고 살지는 말아라. 안 맞는다는 한판이 서면 빨리할수록 좋은 게 이혼이라고 생각한다.)

배우자와 어떤 가족 사업을 펼쳐 가고 싶은지 20대 때부터 미래를 그려봐라. 그리고 남자를 만날 때마다 내가 꾸려가고자 하는 가족이라는 조직에 가치관이 부합하는 사람인지도 생각해 봐라. 가령 경제관념이나 양육관, 소비 습관 등. 혹 가치관이 부합하지 않더라도 유연하게 본인의 생각을 바꿀 수 있는 사람이면 걱정 없이 나의 파트너가 될 수 있을 것이다.

혼자 가면 돌아가는 길을 둘이 가면 더 편하고, 방향이 같으면 더 재미있다. 서로 부족한 점을 보완해 줄 수 있는 사람이면 천생연분이다. 또한, 배우자가 나에게 어떤 긍정적인 영향을 줄 것인가에 대한 고민도 필요하지만, 나 또한 배우자에게 필요한 조력자인지 고민해 보아라. 내가 키워줄 수 있고, 나를 키워줄 수 있는 남자를 찾아 서로 함께 성장하라.

결혼을 단순히 남과 여의 만남, 사랑의 결과물로 본다면 결혼 생활을 시작하며 실망할 확률이 크다. 결혼은 지독한 현실이다. 때로는 의리로, 때로는 든든한 지원군으로, 여자, 남자의 역할을 넘어서 서로에게 유능한 파트너가 되어주어야 하는 협약임을 항상 염두에 두고 파트너를 구하기 위해 노력해 보아라.

파트너를 구할 때는 지독하게 따지고 꼼꼼하게 따지되, 만약 따지고 따져 선택했다면 그 이후부터는 본인을 놓을 준비를 해야 한다. 이제 그와 무슨 문제가 생겼다면 내 탓을 하는 게 마음 편하다.

"그래. 내 기준이 이랬었고, 내가 선택한 남자지."

라고 말이다. 만약, '이 사람이 왜 바뀌지 않지?'라는 생각만 할수록 더 골치 아파지는 사람은 스스로일 것이다. 선택을 했다면 본인의 결정을 믿고 그 사람을 있는 그대로 받아들여라. 내가 선택한 사람이 사랑하기 때문에 변해야 한다고 요구하는 것만큼 이기적인 사랑도 없다. 사람을 잘 변하지 않는다. 아니 솔직히 변하기를 기대하지 않는 편이 더 속 편할지도 모른다. 본인도 스스로의 가치관이나 생각이 얼마나 분명한 사람인지 잘 알고 있지 않은가?

결혼할 상대를 고를 때는 한 없이 깐깐하되, 결혼을 결심한 후에는 한없이 너그러워져라. 그러기 위해서는 지금 상대를 고를 때 나에게 얼마나 유능한 파트너가 될 수 있는지 따지고 더 따져봐야 할 것이다. 나에게는 유능할지라도 남들에게는 무능한 사람일 수도 있다. 그럼 어쩌랴, 내 성향과 딱 맞아 내게는 유능한 사람인데 말이다.

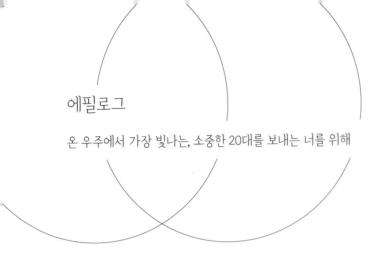

에필로그

온 우주에서 가장 빛나는, 소중한 20대를 보내는 너를 위해

20대를 지나오며 겪은 일들과 나의 선택들을 대부분 후회하지 않는다. 다만 몇 가지 아쉬운 점 중 가장 아쉬운 점이 있다면, 나는 '열심히 살았을 뿐' 그 시간을 온전히 즐기지 못했던 것 같다. 나는 20대를 '잘' 보냈다고는 나름대로 자부한다. (잘 보낸다는 것에는 여러 의미가 있겠지만, 조금 더 편안한 30대와 조금 더 다양한 선택지를 고를 수 있고 원하는 기회를 잡을 수 있는 것으로 해두겠다.) 하지만 20대의 나를 사랑하는 것에는 조금 부족했다.

물론 지금도 예쁘고, 앞으로도 예쁠 것이며, 지금도 빛나고, 앞으로도 빛날 것이지만. 그 순간에는 내가 예쁘고 빛났던 것을 모르고 지나갔다. 스스로를 다그쳤고, 부족한 부분에 대해 늘 고민했다. 더 예쁘지 않은 것에 대해 고민하고, 콤플렉스에 집중했다. 뒤처지는 것을 두려워했고, 미래에 대한 고민으로 현재의 삶에 온전히 만족하지는 못했다. 순간순간을 충실히 살았지만 나 자신에게 '참 잘하고 있어', '내가 참 예쁘다.'라고 말해 줬던 적은 없는 것 같다.

인생을 살며 나를 가장 잘 돌볼 수 있는 사람은 나 자신뿐이다. 내가 행복해야 나의 가족도 행복할 수 있다. 나를 돌봐야 내 주변의 그 누군가도 돌볼 수 있다는 것이다.

얼마 전 루게릭병에 걸린 20대 누나를 돌보는 20대 남동생의 얘기가 『세바시』에 반영된 적이 있다. 「27살 루게릭병 환자인 누나의 보호자로 살며 깨닫게 된 것」이라는 주제로 강연한 환자의 남동생은 힘든 상황일수록 더욱 포기하면 안 되는 것 중 하나가 바로 자신을 돌보는 것이라고 했다. 그의 이야기에 깊게 공감했다.

이 책을 읽고 있는 당신은 과거에도 예뻤고, 지금도 예쁘며, 앞으로도 늘 예쁠 것이다. 과거에도 빛났고, 지금도 빛나며, 앞으로도 늘 빛날 것이다. 과거에도 이 세상에서 가장 소중한 단 한 명이었으며, 지금도 이 세상에서 가장 소중한 단 한 명이고, 앞으로도 이 세상에서 가장 소중한 단 하나의 존재일 것이다.

내가 진정으로 원하는 것에 귀를 기울이고, 내가 진정으로 원하는 삶을 찾고자 꾸준히 자신에게 질문을 던지기를 바란다. 때로는 현실과 타협을 해야 하는 순간이 올 수도 있지만, 그때도 꿈을 버리지 않았으면 좋겠다. '더 나은 삶', '더 멋진 삶'에 대한 명확한 기준은 없다. 객관적이지 않다. 깊게 고민하고 생각을 가다듬으며 스스로 인정하는 삶, 스스로 원하는 삶, 즐거운 삶을 꾸려갈 수 있는 사람이 되기를 바란다.

그리고 그 삶의 시작을 되도록 사회에 처음 나온 지금, 20대에 시작하기를 바란다.